徳間文庫

問答無用

亡者の夢

稲葉稔

徳間書店

目次

第一章　幽霊屋敷　5
第二章　亀戸村　44
第三章　追跡　83
第四章　密談　130
第五章　見張り　167
第六章　品川沖　214
第七章　償い　252

第一章　幽霊屋敷

一

暑い。

大地がじりじりと焦げるほど暑い日であった。

野良犬は舌を出したまま日陰でへたっており、金魚売りは桶《おけ》の水がすぐに茹《ゆ》だるので、魚が死んで商売にならないとぼやいている。やたら元気なのはかまびすしく鳴きつづける蟬《せみ》ぐらいのものだろう。

その茶店は小伝馬《こでんま》町三丁目にあった。浜町堀に渡された土橋の近くである。一本の大きな柳があるが、そのしだれた枝葉はそよとも揺れていない。

「誰が勝ったんだ?」

「おれは雷電《らいでん》だと聞いたぜ」

「ありゃ関脇に付け出されたばかりじゃねえか」

「だけど勢いがある」

職人らしき男二人がそんなことを話している。

それは先月（寛政三年六月）、千代田城の吹上《ふきあげ》御所で行われた上覧相撲のことだった。将軍家斉《いえなり》のたっての要望で実現した大相撲だが、当然庶民は見ることができない。相撲取りは歌舞伎《かぶき》役者に劣らぬ人気者で、とくに谷風梶之助《たにかぜかじのすけ》と小野川喜三郎《おのがわきさぶろう》は、その人気を分けていた。

「おれはやっぱ小野川だったんじゃねえかと思うんだがな」

「いや、小野川は体が小せえ、谷風の力にはどうしようもねえだろう」

「何をいいやがる、相撲は力だけじゃあるめえ。小野川には技がある。あの小さい体で、山のような図体《ずうたい》を投げ飛ばしたのを覚えてねえのか」

小野川は五尺八寸（約百七十六センチ）、谷風は六尺二寸五分（約百八十九センチ）の背丈があった。目方も谷風が四十三貫（約百六十一キロ）で、小野川より六貫ばかり多かった。

「誰か知ってるものがいたら聞いてみようじゃねえか。おれは谷風に賭《か》ける」

「おれは小野川だ」

「だけどよ、雷電という曲者《くせもの》がいる。雷電が勝ってるかもしれんぜ」

「そりゃねえさ、相手は天下の横綱。雷電は関脇になったばかりだ。それに谷風と雷電は同じ西方だから取り組みは出来ねえ」

横綱というのは力士の地位ではない。横綱をしめたから儀礼上の呼称で、本来の最高位は大関であった。横綱という地位が確立するのは明治になってからだ。

暇にあかせて相撲話に花を咲かせている二人の職人に、それとなく耳を傾けている男がいた。白い縞木綿《しまもめん》の着流しに、いかにも涼しげな絽羽織《ろばおり》を肩に引っかけ、さっきから冷や酒をゆるり、ゆるりと飲んでいた。

櫛目《くしめ》の通った髷《まげ》、月代《さかやき》は剃《そ》り立てたばかりのように青々としている。色白で、ときに遠くを見る目は怜悧《れいり》な輝きを放っていた。

わしもその結果は知りたいのよ……。

猪口《ちょこ》を口に運びながら、男は心中でつぶやいた。

店の客はこの男が何者であるか知らないが、囚獄《しゅうごく》と恐れられる牢屋《ろうや》奉行・石出帯刀《いしでたてわき》と知ったら、腰を抜かすほど震え上がるだろう。どんな凶悪な罪人でも、囚獄の前では石のように固まってしまうほどの男なのだ。

帯刀は先の二人が話していた上覧相撲見学の機会には恵まれなかったが、人づてに聞いたときには、いつにない興奮を覚えたものだ。

だが、真実の結果は杳《よう》としてわからない。谷風と小野川の立ち合いでは、小野川が再三待ったをかけたために、気合負けを喫《きっ》したと聞いたし、勢いのある雷電が、同じ関脇・陣幕《じんまく》の喉輪《のどわ》攻めに屈したと耳にしている。

「それにしても暑い日じゃ……」

帯刀は胸元をわずかに押し広げ、扇子《せんす》をあおいでつぶやいた。店先の風鈴を見るが、ちりんとも音を立てない。道のずっと先には陽炎《かげろう》が立っていた。

待ち人はそれから間もなくしてやってきた。

囚獄の手先となって動いている吉蔵《よしぞう》だった。がっしりした体にまとった綿の着物は、汗をたっぷり吸い、黒くなっていた。

「遅くなりました」

吉蔵は喉をつぶしたようなかすれ声でいって、小腰を折った。

「ま、これへ」

帯刀は隣にうながして、吉蔵を改めて見た。左目が白く濁っており、その両目は蝦《が》蟇《ま》のように剝《む》かれている。唇もいかにも強情そうに厚く、とても褒《ほ》められた人相ではないが、信用のおける忠実な下僕であった。

「佐久間《さくま》はつつがなくやっておるか？」

「へえ、常と変わらず静かな暮らしぶりです。おきぬともうまくいっているようで、微笑《ほほえ》ましいほどでございます」

「ふむ、それは重畳《ちょうじょう》じゃ」

「何か出来《しゅったい》致しましたか？」

吉蔵が顔を向けてきた。

「また不始末が発覚した」

「それは……」

「ふむ」

帯刀はひとつうなずいてから、ことの顚末《てんまつ》を話しだした。

二

それは、北十間川《きたじっけんがわ》が中川に注ぎ込む河口に近い亀戸《かめいど》村で起きた事件だった。

村には行基《ぎょうき》が開創したといわれる常光寺と称す古刹《こさつ》がある。事件はその寺から南東へ半里ほど離れたところにある、喜左衛門《きざえもん》という名主の家で起きた。今年の十四日年越しがすみ、小正月が終わって数日後のことだった。

犠牲になったのは、喜左衛門夫婦、娘夫婦、男女の孫二人、女中ひとり、計七人。つまり、一家皆殺しという凄惨《せいさん》な事件である。

不思議なのは、おくらという女中と二歳の孫だけが母屋《おもや》で殺され、あとのものは納《な》屋《や》で殺されていたということだった。しかも納屋にあった死体は、ひとつひとつ重ねられていたので、下手人はひとり一人を呼び出して斬殺《ざんさつ》したものと思われた。

町奉行所の捜査は容易に捗《はかど》らなかった。村のほとんどのものが、捜査に有効な情報を提供できなかったからである。それというのも、喜左衛門は吝嗇《りんしょく》で強情、かつ変わり者という評判で必要がないかぎり村人と接しようとしなかったからであった。

まことに名主に相応《ふさわ》しい人物とはいえないが、名主は半ば世襲だから、いくら喜左衛門が変わり者でも罷免《ひめん》させるわけにはいかなかった。

名主村長《むらおさ》であるから、年貢《ねんぐ》納入をはじめ村内の取締り、隣村や代官との交渉、文書の作成や管理などと多忙の身である。

喜左衛門は当然、多くの住人や役人らと接しなければならないが、何か問題が起きてもなかなか腰を上げない。それで周囲のものが躍起になって動きまわるのだが、容易には収まりがつかない。

喜左衛門が出てゆくのは、いよいよ手詰まりになったというときである。するとたちまち問題は解決してしまうから、それまで文句や愚痴をこぼしていたものも、ぐうの音も出ない。さらには、必要な文書の作成などはきちんと片づけている。

そういったことには村人も、他の村役人も頭を下げるしかないが、いかんせん高圧的であり、交際嫌いであった。

そんなわけで、一家斬殺が発覚したのも、事件から数日を経ており、喜左衛門の屋敷が人目に付きにくい村外れにあったということも、下手人探索を遅らせることになっていた。

「それで下手人は……挙げられたのでございますね」

帯刀が話に一区切りつけると、それまで黙って聞いていた吉蔵が口を開いた。

「あやしきものは十人を下らなかったというが、ついに下手人捕縛《ほばく》にこぎつけた。このものは五人組の末席にいた米助《よねすけ》という百姓だった」

五人組は村役人の下で年貢納入や犯罪の取締りを行うのを役目としていた。村内ではそれなりの地位を与えられるが、もし間違いが起きれば連帯責任を取らなければならなかった。

「米助は当然死罪である。ところが、先般米助を牢より引き出し、刑を執行しようとする寸前、妙なことをいいはじめた。己は身代わりで下手人になっただけで、真の下手人は他にいるというのだ。それで、わしが引き戻しを命じ、話を聞くと」

——わたしは家族を人質に取られているも同然でございます。もしわたしが、下手人として縛に付かなければ、わたしの家族は皆殺しにあうんでございます。ですから、わたしは家族のために、涙を呑《の》んでここまでやってきたのですが……。

米助はそういっておろおろと涙をこぼした。

「何故、人質を取られるような仕儀《しぎ》になったのかと訊《たず》ねれば……」

——村の年貢を使い込んだのがそのものに知られましたばかりでなく、人の女房と通じるようなことになったんでございます。

米助はある日、玄造《げんぞう》という百姓の家で酒を飲んだのだが、そのままその家に泊まったばかりでなく、玄造の女房おしげと枕《まくら》を並べていた。

——わたしはまったく覚えはないのですが、朝目が覚めてみれば隣におしげさんがいたんでございます。

「玄造と一緒に酒を飲んでいたのではないのか？」

と、問えば、

——玄造は酒を飲んでいる途中、厠《かわや》に行くといったきり戻ってこなかったんでございます。

「それでは、玄造はどこで夜を明かしていたのだ？」

——それが、北十間川に浮かぶ苫舟《とまぶね》のなかで死んでいたんでございます。

帯刀が眉宇《びう》をひそめると、米助は言葉を継いだ。もちろん、この辺のことは帯刀も知っているのだが、齟齬《そご》がないかをあらためて聞いているのである。

——それを知らせにやってきたものが、わたしとおしげさんが同衾《どうきん》しているのを見たんでございます。

それは同じ村の百姓で種次《たねじ》というものだった。

「米助は玄造夫婦を使った美人局《つつもたせ》だといった。つまり、玄造の死を知らせにやってきて、米助と女房・おしげが同じ床に寝ているのを見た種次の話を聞いたものに、はめられたのだというのだ」

「その種次が、名主一家殺しの下手人だというんでしょうか……？」

吉蔵はまばたきもせずに帯刀を見た。

「そうではない。真の下手人は、その知らせに来た種次の背後にいるというのだ」

「それは誰で……？」

帯刀は遠くに目をやった。

相変わらず風がない。じっとしているだけで、じわじわと汗が浮かんでくる。さっきまで相撲の話をしていた二人組が、げんなりした様子で店を出て行った。

「真の下手人は米助にもわからぬ。そして種次にも……」

「それではまったく何の手がかりもないということで……」

「だが、わしは妙な引っかかりを覚えるのだ。やつは名主殺しの下手人にならなければ、自分の家族が殺され、また人質に取られているおきくという一人娘も殺されると申す。その家族を救うために、下手人になったのだというのだ。どういうことだかわかるか……」

「…………」

吉蔵は察しは付いているのだろうが、黙っていた。

「もし身代わりにならずとも、村の年貢横領はともかく、米助は姦通《かんつう》の咎《とが》と玄造殺しで死罪だ。現に玄造が殺された晩に、米助はその女房と床を同じくしていたのだからな。他人の罠《わな》にまんまとはめられたとしても、逃げ道はなかった」

「それじゃ、米助を脅したものが名主殺しの真の下手人ということになりますね」

「いかにもそうだ。また玄造殺しもそうであろう」

「何とも面妖《めんよう》な話でございます」

「いかにも面妖である。そこで、わしは米助が死を逃れるために、そのような作り話をでっち上げたのではないかと疑い、調べを入れてみた。すると、米助の娘おきくが神隠しにあっていることがわかった。姿を消したのは、米助が捕縛される三日前のことだ。残っている家族も、おきくのことを心配いたしておった」

「それも米助が仕組んだのでは……」

「うむ、それも考えてはみたが、どうにも解《げ》せぬことが多い。名主一家殺しの咎で米助は死罪を申し渡されておる。表だって、その一件をあらため直すことはできぬが、米助が申すように、真の下手人がいるならば放ってはおけぬ」

「佐久間の旦那《だんな》に動いてもらうということでございますね」

「いかにも。だが、無駄足になるかもしれぬから、まずは慎重に動いてもらう」

「それじゃ早速にも、佐久間の旦那に……」

「うむ、頼んだ」

三

「川風があると思ったが……」

佐久間音次郎《おとじろう》は吾妻橋《あづま》の上で立ち止まって、下を流れる大川（隅田川）を眺めた。暑い日射しを照り返す川は、きらきらとまぶしく輝いている。上り下りする舟の客は誰もが、手拭《てぬぐ》いを頭にかけたり、笠《かさ》を被っていた。

「旦那さん、橋を渡ったら一休みしましょう」

そばについているきぬも、手拭いを被りそのうえに市女笠《いちめがさ》を被っていた。音次郎は深編笠《ふかあみがさ》だ。二人ともあまり世間に顔をさらせない事情持ちだ。

音次郎は人殺しの罪（一巻に詳しいのでここでは省略する）で、牢屋敷に入っていたが、人望のある人柄と剣の腕を囚獄・石出帯刀に見込まれ、ひそかに釈放されているという経緯がある。

またきぬも過失によって雇い主を殺してしまい、同じく牢屋敷に入っていたのだが、情状酌量の余地があると判断した帯刀が、音次郎の身のまわりの世話役にあてがっていた。

音次郎に与えられる役目は、ときに非情にして過酷である。

役目を発する帯刀のいい分は、こうである。

「牢屋敷に収監されるのは、町人や浪人のみならず、町奉行所の立ち入りを拒む旗本や僧侶《そうりょ》や御家人《ごけにん》らもいる。そして、死罪を受ける囚人は、さらに極悪非道の仲間をかくまっていることが多々ある。おぬしにはそれら極悪非道の悪党どもを、草の根をわけてでも捜し出し、天罰をくわえてもらう」

特命を受ける音次郎は、それら外道を見つけ次第、問答無用に斬《き》り捨ててよいことになっている。悪の根を徹底して絶つには、生ぬるい手など使えないからだ。

橋を渡った二人は、あまり目立たない茶店に寄って、冷や水をすすった。冷や水といっても冷たいわけではない。汲《く》み立ての井戸水に、白玉餅《もち》と砂糖が入っているぐらいだ。それでも、何とはなしに体の疲れが癒される。

二人は浅草観音に行っての帰りだった。今日七月十日は、観世音の縁日で、この日浅草観音に参詣《さんけい》すると、四万六千日の参詣と同じ効験《こうけん》があるといわれていた。

「きれいな鬼灯《ほおずき》が買えてようございました」

きぬが手にしている青鬼灯を眺めていった。境内で求めたものだった。水で飲むと癪《しゃく》が治り、また子供の虫の根を切ると信じられていた。もっともきぬは、自宅に飾りたいという思いで買っただけである。

「この暑さだから、すぐにへたってしまうだろう」

「でも鬼灯は丈夫なほうですから。それに、涼しさも感じさせてくれます」

「……そうだな」

音次郎は冷や水をすすり込んで、大川の向こうに広がる町屋を眺めた。あまりの酷暑に屋根から湯気が昇っているように見える。小女が店の前に水を打っていたが、乾いた地面はあっという間に水を吸い取り、すぐに乾きはじめた。

「帰ったら水を浴びよう。風でもあればよいのだが、この暑さはかなわぬ」

「まったくです」

応じたきぬは、頬《ほお》をつたう汗を手拭いでぬぐった。

「さて、まいろう」

二人は茶店を出ると、本所《ほんじょ》北の町屋を抜けていった。暑さのせいか二人とも押し黙ったまま歩く。寺社のそばを通るとき、蟬時雨《せみしぐれ》がひときわ高くなった。

「あ、風が……」

横川沿いの道に出たとき、きぬがぽつりとつぶやいた。

音次郎も深編笠の庇《ひさし》を少し押し上げて、風を感じた。微風であるが、ないよりはよかった。川の匂《にお》いがし、草いきれがあった。

二人は法恩寺《ほうおんじ》橋を渡り、そのまま東へまっすぐ歩を進めた。横十間川に架かる天神《てんじん》橋を渡ると、今度は右に折れて亀戸村に入った。幽霊が出るという伝説のあるおいてけ堀からも、南本所瓦町《みなみほんじょかわら》からも近い自宅屋敷に着いたのは、昼八つ（午後二時）ごろであった。

深編笠を取り、汗まみれになった着物を脱ぐと、ほっと人心地がついた。音次郎がそうであるように、きぬもまた市女笠を脱ぎ、襦袢《じゅばん》ひとつになると安堵《あんど》の吐息をついた。

「旦那さん、やはり家が一番落ち着きますね」

肌襦袢一枚になったきぬが振り返っていった。切れ長の目を微笑ませている。

うむと、うなずいた音次郎だが、目はきぬの襦袢越しに透けた体を見ていた。本人は気付いていないらしいが、汗を吸った襦袢はきぬの形よい乳房や、腰のくびれなどをあからさまにしていた。

「きぬ、早く着替えたがよい。客があったら大事だ」

きぬは一瞬きょとんとしたが、自分の胸のあたりを見て、慌てて両手で隠した。

「旦那さんの意地悪」

「馬鹿、何も意地悪はしておらぬ」

そういって背を向けると、だが、いい眺めだったと付け足した。

「もう助兵衛なことを……」

「男はみな助兵衛なものだ、ついでに今夜はたっぷり可愛がってやることにしよう」

もう一度きぬを見ていうと、その白い頬がぽっと桜色に染まった。それからすぐに隣の間に飛び込み、襖《ふすま》をぴしゃりと閉めた。

「早く水を浴びられるとよいです」

襖の向こうから心持ち嬉《うれ》しそうな声がした。

「うむ、水を浴びて頭を冷やすとしよう。ついでに今宵のために身を清めておこう」

こういう冗談がいえるようになったのは最近のことである。音次郎は下帯一枚になると、手拭いを肩に引っかけて、家の裏から泉に向かった。

家に井戸はないが、この泉があるから重宝だった。それは畳一畳ほどの小さな泉で、砂地の底から清らかに透き通った水が、こんこんと湧《わ》き出ていた。あまった水は、細い水路に流れ込み、それは百姓地の田のほうに向かっていた。

泉のまわりには木々が多い。蟬時雨は洪水のようだが、そのあたりには涼気が漂っており、素肌に気持ちがよかった。木漏れ日を弾く水面も強い日射しの影響はないようだ。

音次郎は桶《おけ》ですくった冷たい水を何度も被った。そうしているうちに汗が引いてゆき、身も心も引き締まってきた。

理不尽なことで妻子を殺されたがために数奇な運命を辿《たど》ることになったが、それは同じ屋根の下で暮らすきぬも同じである。妻でも夫でもない二人だが、もう夫婦同然の間柄になっていた。

音次郎は木漏れ日を照り返す水面を見つめた。己を殺し、人目を忍ぶような暮らしをしなければならない境遇ではあるが、何不自由することはない。徒組《かちぐみ》にいたときのような煩わしい人間関係もない。

囚獄から申し渡される役目がなければ、自由気ままに暮らすことができるのだ。現に前の役目を終えてから一月余を遊んで暮らしている。

贅沢《ぜいたく》なことを望まなければ、これはこれでいい人生かもしれない。もっとも囚獄からの沙汰《さた》があれば、その危険な役目ゆえに、いつ命を落とすことになるかわからないのではあるが……。

すると、この命はいつまでつづくのかと、今度は木々の間のずっと先にある空を見あげた。白くて大きな雲が浮かんでいた。

「つまるところ、明日をも知れぬ我が命ということなのか……」

つぶやきを漏らした音次郎は、口辺に薄い笑いを浮かべた。

家に戻ると、客があった。囚獄から沙汰を運んでくる吉蔵であった。

「これはまた涼しげな恰好《かっこう》でございますね」

半裸状態の音次郎を見た吉蔵が声をかけてきた。

「涼を取ってきたところだ。その顔つきからすると、いよいよ新たな沙汰が下りたか」

「お察しの通りです」

「それじゃ座敷で聞こう。上がってくれ」

四

さっぱりした浴衣《ゆかた》に着替えた音次郎は、座敷で吉蔵の話を聞いた。

「……娘が神隠しにあっているのが本当であれば、米助の話はあながち嘘《うそ》だとはいえぬな」

一通り聞いたところで音次郎は顎《あご》をなでた。

「囚獄も真偽がつかめぬようなことを申されています」

「ふむ、そうであろう。ともかく話はわかった。だが、喜左衛門宅を探る前に、米助に会うことはできないか。当人に直接聞いてみたいことがある」

「お望みであれば、そのように手配《てくば》り致します」

「面倒をかけるがそうしてくれ」

承知したといった吉蔵が腰を上げようとしたのを、音次郎は引き留めた。

「慌てて帰ることもなかろう。西瓜《すいか》がある、食っていかぬか」

「それじゃお言葉に甘えましょうか」

縁側に席を移すと、それに合わせたように風が出てきた。吊《つ》ってある風鈴が、ちりんちりんと、心地よい音を奏ではじめた。

「いい具合の風だ、吉蔵」

「へえ、そうですね。それにしても今日は暑すぎます」

「まあ、暑さ寒さも彼岸《ひがん》までというから、もう一時の辛抱だろう」

「しかし、秋が来れば急に寂しくもなります」

音次郎はあれと、心中でつぶやいて吉蔵を見た。顔に似合わぬことをいったからである。吉蔵は滅多に自分の心中を表に出さない。そればかりでなく、どんな出自なのかもまったく語らない。

「おまえにしてはめずらしいことをいう」

「そうですか……」

きぬが切った西瓜を俎《まないた》に載せて運んできた。

「きぬ、おまえも一緒に食べよう。風が出てきたので、ここは居心地がよい」

きぬも音次郎同様、涼しげな浴衣を着ていた。

三人は西瓜にかぶりついた。

家の周囲の林では、相変わらず蟬たちが競うように鳴き騒いでいる。雲が太陽を遮り、あたりが急に翳《かげ》った。そこへひときわ強い一陣の風が吹き込んでき、日除けの簾《すだれ》を大きく揺らした。

「それにしても何の因果でこうなったのかと思う。本来ならこの首はとうになくなっているはずなのに、こうやってうまい西瓜を食すことができる。幸甚というしかない」

「旦那が徳を積んでこられたからでしょう」

「徳か……そんなもの積んできたかどうかわからぬが……」

音次郎は種を庭に飛ばした。

「ともかく生きるということはいいことだ。この頃《ごろ》つくづくそう思うのだ。だが、この命、明日にはないかもしれぬと思えば、今のひとときを楽しまねば損だ」

「そんなことおっしゃらないでください」

きぬが口許をぬぐいながらいった。

「なに、ほんとのことだ。役目をもらったら、明日はどうなるかわからぬからな」

きぬは悲しそうに目を伏せてうつむいた。

「暗い顔をするな。こうやってうまい西瓜を食すことができるのだ。なァ吉蔵、そうは思わぬか。暑いのも生きているから、暑いと感じられる。そう考えれば、暑さを楽しむのも一興だ。ふふふ、ものは考えようで気も楽になる」

「旦那にしてはめずらしいことを……さては開き直られましたか……」

吉蔵が驚いたように蝦蟇の目を見張った。

「ああ、開き直りだ。我が境遇を嘆き、陰に籠《こ》もっていても楽しくはなかろう。今日の一日を、このひとときを楽しむ、それでいいと思うようになった」

役目に任ずれば、いつとも知れぬ命である。音次郎は心の底から、そう思うようになっていた。それから愚にもつかぬ世間話をしてから、吉蔵は帰っていった。

「旦那さん、さっき申されたこと……」

「うん？」

「今日を、このひとときを楽しむと申されたこと、わたしもそう思います」

「そうか……」

「だって暗い気持ちで暮らしていても、何が変わるわけではないのですもの」

「おまえもそう思うようになったか」

「……旦那さんとこうしていられるのを、きぬは幸せに思わなければなりません」

きぬはそういって嬉しそうに微笑んだ。

「きぬ……」

「はい」

「こっちへまいれ」

きぬがそばに来ると、音次郎は手をつかんでぐっと引き寄せた。

「わたしも、おまえといることを幸せに思わなければな」

唐突に、きぬの唇を吸った。それから八口《やつくち》に手を入れ、やわらかな乳房をやさしくつかんだ。きぬがわずかに体をよじって顔を離した。

「まだ明るいのに……」

そういうきぬの目はとろけるように潤んでいた。

「誰がいるわけではない」

今度はきぬをそっと押し倒した。浴衣を剝《は》ぎ取り、白日の光に曝《さら》した。白い餅肌は、まぶしいほどだ。きぬは細身だが凝脂《ぎょうし》がみなぎっている。

「旦那さん、わたし……」

昼間の行為を観念したのか、きぬは潤んだ瞳を向けてきた。

「なんだ？」

「子がほしいと思います。旦那さんの子を……」

「それはならぬ」

ぴしゃりと拒んだ音次郎は、きぬの乳房に頰を寄せたままつづけた。

「子はほしい。普通の身であれば当然だ。だが、わたしの命はいつまであるかわからぬ。子をもうけても、父親のいない子になっては可哀想だ。それに、おまえもわたしも罪人であった。牢に入れられていた人間なのだ。そのことを生まれた子に、どういってやればよい。そうではないか……」

「……それは……気付きませんでした。たしかにそうです……あっ……」

音次郎は上に重なって、きぬの敏感なところに指を這《は》わせた。

「……今を楽しもうではないか」

音次郎ときぬは、脱ぎ散らかした浴衣の上で、汗にまみれはじめた。

五

翌朝、音次郎は吉蔵の導きによって、伝馬町の牢屋敷に向かい、表門からではなく裏門をくぐり、あまり目にしたくない死罪場の脇を通って、囚獄・石出帯刀の役宅に入った。

これも表玄関からではなく、裏玄関からだった。式台を上がったところに、牢屋同心筆頭の青山《あおやま》長右衛門《ちょうえもん》が待ち受けていた。

「暑いなかを大儀であるな。こなたへ……」

長右衛門は短くいって顎を振った。冷ややかな目をしているが、口許にはわずかな親愛の笑みが浮かんだ。

音次郎はようやく青山の信頼を得たかと思った。吉蔵を裏玄関に待たせたまま、音次郎は奥の座敷に案内された。外は相変わらずの酷暑であるが、磨き込まれた廊下はひんやりと冷たく、わずかに汗が引くのを感じた。

前を歩く長右衛門の着物の裾《すそ》が、刃物で布を断つような音を立てていた。後ろにつく音次郎は、足音を殺し、衣擦《きぬず》れの音もさせなかった。

「佐久間がまいりました」

長右衛門が奥の座敷前で平伏していった。音次郎も真似る。

障子は開け放してあり、裏庭が望めた。

「これへ……」

帯刀の短い声で、音次郎は長右衛門のあとにつづいて、座敷に入った。米助が下座にちんまりと座っていた。そばに、二人の牢屋同心がついている。

「音次郎、暑いのう。暑くて身も心もとろけそうじゃの……」

帯刀が扇子《せんす》をあおぎながらいうのへ、

「暑さを感じるのもまた一入《ひとしお》でございます。暑さを感じ、寒さを感じる。それは生きている証でありましょう。御奉行様の恩情を受けたればこそ、この夏の暑さを感じる喜びに浸っている昨今でございます」

と、音次郎が応じたものだから、扇子を動かしていた帯刀の手が止まり、眉《まゆ》が動くのに合わせ目が見開かれた。

「これは異なことを申す。おぬし、変わったな……」

帯刀はわずかに身を乗り出し、音次郎をすがめるように見た。

「深刻ぶっていてもつまりませぬゆえ」

「ふーむ、いかさまおぬしの申す通りじゃ。夏は暑いに限る。夏が寒かったら、これは困るというものじゃ。ははは」

帯刀は快活に笑ってつづけた。

「さて、吉蔵から話は聞いておると思うが、これが米助と申すものだ。存分に聞くがよいが、席を外せというならそうする。いかがする？」

音次郎は一瞬考えた。米助は囚獄や長右衛門がそばにいては、口が重くなるだろう。すんなり話を聞くためには、相手の気持ちをほぐす必要がある。

「二人だけにしてもらえませんか。そのほうが米助も話しやすいのではないかと思いますゆえ……」

「相わかった。好きにするがよい。長右衛門、そういうことだ」

帯刀は長右衛門と二人の牢屋同心も下がらせた。

二人だけになると、音次郎は静かに米助に目を向けた。米助は緊張の面持ちで、顔も体もこわばらせている。四十歳だと聞いていたが、少なくとも十は老《ふ》けて見えた。月代《さかやき》も伸び、顔は無精髭《ぶしょうひげ》に覆われていた。音次郎が見つめると、体と同じく、ちんまりした目を落ち着きなく動かした。

「牢暮らしは不自由であろうが、もう慣れたか？」

「……へえ」

米助は小さな声を漏らした。

「決してうまいとは思えぬが、飯はちゃんと食っておるか？」

「へえ」

「生きているうちは何より体が大事だ。まずくともよく食うことだ」

米助は膝《ひざ》に両手を置いたまま、小さくうなずいた。音次郎は二度も牢屋暮らしを経験しているが、米助と同じ牢になったことはない。百姓は他の囚人の牢と違い、百姓牢という別棟がある。それは裏門の近くに建てられていた。

音次郎はしばらくのらりくらりと、愚にもつかぬ世間話をした。

七夕《たなばた》がどうだった、その日に行われた井戸替えはこうだった、昨日は浅草観音に行って来たなどといったことだ。話をしているうちに、米助から次第に硬さが取れていくのがわかった。この辺でよいだろうと思ったときに、音次郎は本題に入った。

「ところで、おぬしは名主一家を殺していないそうだな」

「それはまことでございます」

米助はまっすぐな目を向けてきた。音次郎はその視線を受けて、さらに米助の目の奥にあるものをつかみ取ろうとする。

「それではひとつずつ聞いてゆく。まず、おまえを脅したもののことはわからないそうだが、それはどういうことだ?」

「はい、相手は闇《やみ》のなかで顔が見えないばかりか、頭巾《ずきん》を被《かぶ》っておりました。それで顔の見分けがつかなかったんです」

「玄造が死んでいると知らせに来たものは?」

「あれは同じ村の百姓で、種次というものです。種次が脅したのならすぐにわかります。脅したものの声も種次ではありませんでした」

「おまえを恐喝したものだが、そやつはおまえに何といったのだ。覚えているかぎりのことを教えろ」

米助は思案するように視線を彷徨《さまよ》わせてから答えた。

「……年貢を横領し、玄造を殺し、他人の女房を寝取った罪がいかほどのものかわかっているなと、そんなことを最初にいいました。それから、名主一家を殺したのもおまえだろうと。わたしは何もしていないといい張りましたが、おまえ以外にはいないといいます。それから、おまえはどうせ捕まる。いい逃れはできないのだといいます。わたしは必死に抗弁しましたが、玄造殺しとその女房おしげと通じたことは明々白々、いい逃れをしても無駄だ、名主一家殺しもおまえだ、おまえがやったのだ。調べを受けるだろうが、おまえは自分がやったといえばいい。もし、いう通りにしなければ、わたしの家族を皆殺しにするといいました」

「それで……」

「家に戻ると、末娘のおきくがいなくなっておりました。遅くなっても戻ってこないので、ほうぼうを捜しましたが、それきりです」

「脅された場所は？」

「野良仕事の帰り道に不意打ちにあい、気付いたときは夜になっておりまして、そこは北十間川の畔《ほとり》にある地蔵堂のなかでした」

「脅されたのは一回だけか？」

「いいえ、おきくがいなくなって三日ほどして、また、同じ男に脅されました。今度は家の厠に行くところを襲われ、口を塞《ふさ》がれて……」

「どうした？」

「娘は預かっている。もしいう通りにしなければ、わたしの家族をひとり残らず殺すと……。それはもう生きた心地がしませんで……」

「捕り方に捕まったのはそのあとか？」

「はい、その翌日でした」

音次郎は扇子を取りだして開き、しばらくあおいだ。熱暑の表に目を向け、すぐ米助に顔を戻した。

「おまえは年貢米を横領しているが、それは五升であったな。そのことはなぜ露見した？」

「は、あれはそんなつもりではなかったんです。……預かった年貢米を家に持って帰っただけなのです。それを咎められまして……」

米助は恥じ入るように、ぼんの窪《くぼ》を手でかきながら口ごもった。

「咎めたのは誰だ？」

「はい、同じ五人組におりました玄造です」

音次郎は目を細め、米助をにらむように見た。

「だからといってわたしが玄造を殺したのではありません。本当です。あれはわたしが玄造の家で酒に酔って、寝ている間に起きたことで……」

「そうか、それで名主殺しを最初に見つけたのは誰だ？」

「あれは種次です」

「玄造の死体を見つけたものだな」

「はい」

「その種次に、おまえは玄造の女房おしげと一緒のところも見られている」

「あれは、ほんとにどうしてそうなったのか、さっぱりわからないことでして……」

「……まあそのことはよかろう。だが、脅されていたことや、娘が人質に取られていることを、なぜ刑執行前まで黙っていた？」

「それは身内が殺されるのが怖くて……」

米助は怖気《おぞけ》をふるい、汗ばんでいる顔に鳥肌を立てた。

「おまえは死罪が怖くて、このような話をしているのではないだろうな」

「とんでもないです。ほんとのことです」

「それじゃ、おまえは身内が不幸になってもいいと思っているのか？」

「まさか、そんなことはないです。ですが、訴えれば身内を守ってもらえるかもしれないと思い、本当のことを話しておきたかったのです。ただ、それだけです。もちろん、こんなことで身内が殺されたら困ります。どうか、何とぞ、わたしの家族を守っていただけないでしょうか？」

米助は半べその顔になって、額を畳にすりつけたまま、泣き声を漏らした。

「わたしは死罪を申し渡されたときに、闕所《けっしょ》も受けています。ですから家も土地も田もなくしております。今となっては女房子供がどうやって暮らしているか、知る術《すべ》もありませんが、おそらく親戚《しんせき》の家で世話になっていると思います。どうか、わたしの申し立てを信じていただき、家族を守ってくださいまし、この通りでございます」

米助は泣き声になって頭を下げた。

「もうひとつ聞く、おまえは玄造を殺してもいなければ、玄造の妻おしげとも通じていないのだな」

「殺しなどやっておりません。おしげさんとはどうなったかわかりませんが、わたしは酔って寝てしまっただけですので……く、く、くっ……」

米助は嗚咽《おえつ》を漏らしたと思ったら、そのまま突っ伏して、おいおいと泣きはじめた。

音次郎はそんな女々しい米助から視線を外し、深いため息をついた。

話が本当だとすれば、真の下手人は米助の年貢横領などを知っているのだから、村のことに詳しくなければならない。

六

楽な着流し姿だが、少し歩くだけで体中に滝のような汗が流れた。暑さを楽しむのも一興だといった音次郎ではあったが、さすがに辟易《へきえき》してしまった。

足を止めて前方につづく道を見れば、逃げ水が揺れている。さらにはうるさいほどの蟬の声。音次郎はぐるりと視線を動かして、

「柳橋で舟を仕立てよう」

と、そばについている吉蔵にいった。

「それじゃ先に行って話をつけておきやす」

そういって吉蔵が先に歩いていった。半纏《はんてん》に尻端折《しりはしょ》りといったいつものなりだが、広い背中には黒い汗の染みが広がっていた。その姿が両国広小路の人混みに紛れていった。

音次郎と吉蔵は牢屋敷を出てきたばかりだった。米助から話を聞いたが、真偽の見分けは難しかった。だが、米助のいうのが本当だとすれば、やはり放っておける話ではない。さらに、それが真実だとすれば、一度裁きを受けた米助の一件を差し戻すことができる。

審理差し戻しは滅多にあることではないが、理不尽や不条理が発覚した、あるいは明らかに裁きに手違いがあるとわかったときにかぎり認められる。

帯刀は調べの結果次第では、この一件を南町奉行・池田筑後守長恵《ちくごのかみながしげ》に差し戻すと、

音次郎に語った。また、帯刀は米助の家族の行方も調べていた。わからないのは、米助がいう娘おきくの行方である。

柳橋の船宿から猪牙《ちょき》を仕立てた音次郎は、舟を北十間川の河口に近い亀戸村に向けさせた。舟が大川に出ると、急に風が出てきた。それは強くなかったが、川水の影響があるのか、ずいぶん涼しく感じられた。

「やはり、舟は違うな」

思わず口走ったほどだ。

真っ黒に日焼けした船頭は、大川に出ると棹《さお》と櫂《かい》を交互に使い分けて、舟を竪《たて》川に乗り入れた。あとは中川までまっすぐに進むだけだ。

中川に出たら遡上《そじょう》して北十間川に入ればよかった。それまでは時間がある。音次郎は米助の口書き（取調調書）の写しに目を通していった。

口書きを読むかぎり、米助に情状酌量の余地はない。容疑はどう考えてもひっくり返すことはできない。口書きに書かれていることは、すべて米助の口から出た言葉を書きつづってあるのである。

彼は名主一家殺しと、百姓・玄造殺しを認めているのである。そして、そのやり口も証言している。だが、今になって米助はその証言をひるがえし、無実を主張している。本来なら受け入れられることなく、刑は粛々《しゅくしゅく》と執行されたはずだ。刑執行一時停止は、囚獄・石出帯刀の炯眼《けいがん》が働いたからである。つまり、名主殺しの裏に、巨悪がひそんでいると見たからだ。

いずれにしろ、音次郎は米助の証言を検証していかなければならない。

竪川を滑るように東へ上った舟は中川に出た。ここから先は流れに逆らって進むので、舟足が遅くなった。

川面は太陽に照り輝いており、繁茂する川縁の夏草の匂いがときおり風に運ばれてきた。川端のところどころには釣り人の姿があった。

「旦那、まずはどこへ行きます？」

口書きを一通り読み終えたところで、吉蔵が声をかけてきた。

「まずは喜左衛門の家に行ってみたい」

「承知しやした」

そう応じた吉蔵は前を向いた。

北十間川に入ると、急に川幅が狭くなった。舟はゆっくり進む。船頭はときどき、川にせり出している葦《あし》や茅《かや》を棹《さお》で払わなければならなかった。

「船頭、その先で止めてくれ」

吉蔵が指図をした。小さなお堂が見えた近くだった。

音次郎は舟賃に酒手をつけて渡し、船頭を帰した。

このあたりは見渡すかぎりの百姓地で、青々とした稲田が広がっていた。稲田は緩やかな風に吹かれ、白い葉裏を垣間見せ波のように騒いでいた。

「ひょっとしてそこが米助が脅されたという地蔵堂では……」

乾いた道の先にその堂があった。

音次郎はそうかもしれないと思い、地蔵堂に足を向けた。屋根付きの堂には庇があり、階段がついていた。その階段を上ると、観音開きの扉がある。

音次郎は扉を開いた。むわっと、埃《ほこり》くさい熱気が顔にあたり、薄暗い堂のなかに、明るい外の光が射し、一挙に明るくなった。

堂内には木彫りの地蔵仏が四体祀《まつ》ってあった。

供え物の台があり、埃を被った賽銭《さいせん》箱がある。広さは二畳ほどだろうが、詰めれば大人四、五人は入ることができる。

ここが米助のいう脅迫者に連れ込まれた地蔵堂であれば、話は本当かもしれない。

音次郎は何かないかと、堂内に視線をめぐらしたが、蜘蛛《くも》の巣を見たぐらいで、とくにこれといった発見はなかった。

二人は田圃《たんぼ》道を辿り、村の中へ歩いていったが、田の草取りをしている百姓がいたぐらいで、あまり人の姿を見かけない。

しばらく行くと、数軒の集落が見えた。その一軒を訪ねて、喜左衛門の家を聞いた。

「喜左衛門さんの屋敷ですか？」

頭髪の薄い小柄な百姓だった。

「そうだ。どこにあるか教えてくれないか？」

「それならそこの道を南へ下って行くと水神社ってのがあります。その裏に……」

「あるのだな」

「いえ、その裏に小高い山があります。櫟《くぬぎ》と栗《くり》がたくさん生えている雑木の山です」

「すると、その山にあるのか？」

「いえ、その山の脇を縫う道がありまして、それをどんどん行くと、また小高い丘があります」

「それじゃその丘にあるわけだ」

「そうですが、その丘が見えたら近くのものに聞いてみることです。途中で分かれ道がいくつもありますから、面倒なんです」

「ずいぶん遠そうだな」

「いくらもありませんよ」

「なら、案内してもらえぬか」

と、頼むと、百姓はとんでもないと、顔の前で手を振った。

「あんなとこにゃ行きたくもありません。何人も祟《たた》られてんですから」

「祟られる……?」

「幽霊が出るんです。ですから村のものは誰もが幽霊屋敷だといいます。殺された名主の家族が出るんだともっぱらの評判でして、案内だけはご勘弁願います」

とりあえず教えてもらった通りの道を辿ってみた。

百姓のいった丘を見つけるのに、小半刻《こはんとき》もかかってしまったが、深緑に包まれた丘が眼前にあった。だが、そばには人の影もなければ、家もない。

音次郎はどうするかと吉蔵を見た。

「さほど遠くないとさっきの百姓がいったので、探してみましょう。たいした手間はかからないでしょう」

「そうするか……」

音次郎は額の汗をぬぐって、足を進めた。

ところが、二人は途中で道に迷うこと三度。やっと喜左衛門の屋敷とおぼしき建物を見つけたときには、日が暮れかかっていた。

「やれやれ、こんなに手間取るとは思わなんだ」

汗を吸った手拭いを絞り、もう一度首筋と脇の下をぬぐい、音次郎は屋敷に向かった。

しばらく行ったところで、鴉《からす》たちがいきなり鳴き騒ぎ、一斉に空に飛び立っていった。その数は百羽は下らないだろう。いびつな鳴き声と、盛大な羽音は気味のいいものではなかった。鴉の去った空から屋敷に目を転じると、その向こうに傾きかけた熟柿《じゅくし》色の太陽があった。

「旦那、幽霊とか祟りってのはどうなんでしょう。さっきの百姓がそんなことをいいましたね」

「祟りはともかく、幽霊なんぞいるわけがない」

音次郎はそういいはしたが、背中にぞくぞくした寒気を感じた。屋敷全体が得もいわれぬ妖気に包み込まれているように見えたからだ。

第二章　亀戸村

一

喜左衛門の屋敷は広大だった。しかし、大きな瓦屋根《かわらやね》には草や苔《こけ》が生えており、先の大風で飛ばされた瓦も散見された。

さらに庭は荒れ放題で、雑草が生え、木々も蔦《つた》が絡まったり、倒れたり、折れたりしていた。閉め切られている雨戸は、今にも外れそうな危うさがあった。

音次郎と吉蔵は玄関に立った。軒端の隅に大きな蜘蛛《くも》の巣が張っていた。

がらりと戸口を開けると、屋内にこもっていた熱気と臭気が顔に吹きつけてきた。音次郎は一瞬顔をしかめ、息を止めなければならなかった。

暗い屋内に目を凝らして、土間に足を進めた。物が饐《す》えたような、腐ったような悪臭が立ち込めていた。

「旦那《だんな》……」

吉蔵が一方を指していた。

音次郎はそっちを見て、一瞬赤子の死体かと思った。だが、よく見ると犬である。それも死んで幾日もたっているらしく腐敗していた。

音次郎は土間奥と台所を見て、座敷に上がり込んだ。畳はめくれ、黴《かび》が生え、雨漏りの水を吸って腐りかけていた。障子や襖《ふすま》は破れ、そして倒れていた。

仏間に行くと、仏壇が倒されていて、そこには鶏の死骸《しがい》があった。

音次郎は眉宇《びう》をひそめ、周囲を見まわした。次の間に行くと、箪笥《たんす》のものが引き出され、足許に散らばっていた。泥棒に物色されたように思えた。

それから裏の土蔵に行った。こちらも荒れ放題である。最後に、喜左衛門一家が殺されていたという納屋に入った。ここには農具や籾殻《もみがら》などが置かれていた。

当然、死体はない。

「ここで殺されたのは……」

つぶやいた音次郎のあとを、吉蔵が引き取った。

「喜左衛門夫婦、娘夫婦、男の孫ひとり……」

「女中のおくらと二歳になる女の孫だけが母屋だったな」

「そうでした」

「なぜ、納屋で殺されたんだ？　しかも死体は重ねてあったという」

自分に問いかけるようにつぶやく音次郎は、母屋で殺してここに運んだのか、それともひとり一人をここで殺したのだろうかと、推量した。

「米助にできる所業でしょうか……？」

吉蔵の問いに、音次郎はわからぬと答えた。だが、米助に接した感じから、とても大量殺人をできるような男には思えない。

「さあ、どうであろうか」

応じた音次郎は、もうここに用はないとばかりに、納屋から表に出た。周囲は鬱蒼《うっそう》とした林である。屋敷は盛大な蝉《せみ》の声に包まれている。

「玄造の女房はおしげといったな」

「へい」

「おしげに会おう」

二人は急ぎ足で村のほうへ戻りはじめた。

おしげの家は亀戸村・常光寺のそばにある。一口に亀戸村といっても、かなり広範だ。おおまかにいえば、南は小名木川《おなぎ》、北は北十間川、東は中川、西は横十間川を境にした地域である。この他にも飛び地がある。音次郎の住む屋敷も、その飛び地だ。おしげの家は、常光寺にある名木、来迎松《らいごうのまつ》をよく眺められるところにあった。

「……どうぞ」

縁側に腰掛けた音次郎と吉蔵に、おしげは冷や水を差し出した。姥桜《うばざくら》とはとてもいえないが、百姓にしては器量よしだろう。もっとも肌の艶《つや》や張りといったものは、年以上に衰えているし、しわも深かった。

「それじゃ仕送りだけでやっているのか……」

音次郎は冷や水に口をつけてから、おしげを眺めるように見た。

「はい、幸いにも娘が良家に嫁ぎましたので助かっております。そうはいっても細々と生きるだけですが……」

おしげは膝《ひざ》に置いた手をこすりながらいう。

「それで、米助のことだが……」

おしげはその一言で、目に警戒の色を浮かべた。

「あんたはあの男と枕《まくら》を並べたと聞いているが、実際のところはどうなのだ？」

「あれはわからないんでございます。でも、わたしは亭主を裏切るようなことはしておりません。あの夜は、なぜか強い眠気に襲われまして、気付いたら朝で、隣に米助さんがいたんです」

「……それを種次が見たというわけだ」

「はい。戸口で声がして、それで起き出したときに、種次さんが入ってきて……」

「玄造が死んでいたといったのだな」

「その前に、米助さんを咎《とが》めました。まさかおまえが玄造を殺したんじゃないだろうなと。その一言で、わたしは腰を抜かすほど驚きました。まさか、あの人が死んだなんて思ってもおりませんでしたし……それに、なぜうちに米助さんが泊まっていたのかも、よくわからないんです」

「その件は調べを受けるときに話してあるのだな?」

「ええ、そうです」

「……いつ寝入ったのか、米助がそばにいるのも、朝まで気付かなかったというわけだ」

「はい」

「前の晩のことはどのあたりまで覚えている?」

「あの人が厠《かわや》に行くといって土間に下りて……それから、米助さんとずいぶん遅いなといったようなあたりまでです。あとは……よく……」

おしげは頬《ほお》に流れる汗を指先で払って、首をひねった。

「米助が亭主を殺したということについてはどうだ？　正直なところを申せ」

音次郎はおしげのちんまりした目を凝視した。

「……うちの人と米助さんは、そりゃ仲のよいほうでしたから、まさか米助さんがうちの人を殺すなんて思いもよらないことでした。でも、あの人が自分でやったというのですから、きっとそうだったのでしょう」

「米助はあんたの亭主が殺された頃《ころ》、一緒の布団にいたのではないか」

「ですから、そのあたりのことをよく覚えていないのです」

「酒に酔っていたのか？」

「わたしは一滴も飲めません。……疲れていたのか、ただ急に眠くなったのは覚えています。あとで米助さんに眠り薬でも飲まされたのではないかと思いましたが……」

音次郎は「ふうむ」とうなった。

米助の言葉を信じれば、おしげの亭主玄造は、何者かによって殺されたことになる。だが、その何者かがわからない。もちろん米助のいう脅迫者が下手人だと考えることはできるが、その人物も特定できない。

「もう一度聞くが、米助とわりない仲になったというのはどうだ？」

「決してそんなことはありません。もし、そうでしたら女の体はちゃんと覚えているはずです。ですが、そんなことは神に誓ってもありません」

「ならば、米助が亭主の玄造を殺《あや》めたと、心から思っているのか？　正直なことを申せ」

「それは……今でもよくわかりません。ですが、まさかという思いが強いのはたしかです」

「つまり、亭主殺しは米助ではない、他の人間の仕業だと思ってもいるのだな」

おしげはつぶらな目を一度見開いて、認めるように閉じた。それで、音次郎は腰を上げた。

「邪魔をした」

おしげの家を出た音次郎と吉蔵は、種次の家に向かった。

二

「玄造は苫舟《とまぶね》でどんなふうにして死んでいた？」

音次郎は種次に会うなり、挨拶《あいさつ》もそこそこに本題に入った。

「どんなって、俯《うつぶ》せに倒れておりまして……背中から血を流していました。舟のなかはもう血の海でして……」

「背中を刺されていたということか……」

「そうです」

種次は米助と同じ五人組のひとりで、年は三つほど若い三十七ということだった。

「それでなぜ、おまえはその苫舟に行ったのだ？」

「あのちょいとよろしいですか。そのことはもうずいぶんお役人さんに話してあるのですが、また調べ直しでもなさっているのですか？」

「そうだ」

「でも米助の裁きは終わっていると聞いていますが……」

「裁きは終わったが、ここに来て辻褄《つじつま》の合わぬことがわかったのだ。それで動いておるわけだ」

「……そういうことですか」

あまり納得のいかない顔をしたが、種次はそれじゃ何を話せばいいかと聞く。

「玄造の死体を見つけたのはどういうわけだ？」

「あれは畑の手入れに行く途中で、たまたま気付いたんです。変な恰好《かっこう》で舟に寝ている人の足が外に出ておりましたから。……それで顔を見ますと、玄造さんだったので腰を抜かしそうになるやら、心の臓が止まりそうになるやらで……ともかくどこへ行けばいいかと考えましたが、まずは玄造さんの家へと思いまして、駆けつけたわけです」

舟が舫《もや》ってあったのは、玄造の家から一町もない場所だったという。

「それで、駆けつけて声をかけるなり、がらりと戸口を開いて入りますと、寝ぼけ顔の米助さんとおしげさんが同じ布団におりましたので、これは、と思ったのです」

「つまり米助が玄造を殺したと……」

「はい。他には考えられませんので、あれを見れば誰でもそう思うはずです」

「それじゃ、おまえは米助が玄造を殺したと思っているわけだ」

「本人もそう白状したのではありませんか」

「ま、そうであったな」

「本人が認めたのであれば、やはりそうだったのでしょう」

種次は大きな目をぱちくりさせて、音次郎と吉蔵を交互に見る。

「おまえは米助と同じ五人組のひとりであったな」

「さようです」

「米助と玄造の仲はどうだった？」

「それは気の置けない仲という感じでした。互いの家をよく往き来していたようですし……。ですが、そんな間柄なので、米助さんがおしげさんに段々と心を傾けていって、ついにってことなんでしょうか……」

種次はあくまでも米助を下手人と見ているようだ。音次郎は話を変えることにした。

「名主の喜左衛門だが、米助との仲はどうだっただろうか？」

「どうっていわれても、喜左衛門さんは偏屈な人でしたから、仲がよかったとはいえません。あっしらもあの人は苦手でしたから」

「偏屈というのはどういうふうに……？」

「何といえばいいんでしょうか……」

種次は目を泳がせて、しばらく考えた。

「石頭なんです。堅物といってもいいですけど、とにかく無愛想で感じの悪さは天下一品でしたから」

「五人組は名主の指図で、いろいろと仕事をするのではないのか」

「まあ、それはそうですが、あっしらにあれこれ指図したり知らせをくれるのは、喜左衛門さんじゃありません。与七《よしち》さんと源四郎《げんしろう》さんです」

与七は組頭、源四郎は百姓代である。

このことはすでにわかっていることだった。

「その与七と源四郎だが、喜左衛門との仲はどうだったろうか？」

「さあ、その辺のことはあっしら下のものにはよくわかりませんで……ただ、何か大事なことがないかぎり、名主は動きませんでしたから、組頭と百姓代は大変だろうなと思っておりました」

亀戸村の名主は世襲で、組頭と百姓代は入札《いれふだ》（投票）で決められていた。だが、村人の多くが喜左衛門がいる間は、村役には就きたくないといっていたらしい。

「米助は別にして、喜左衛門を恨んでいるようなものに心当たりはないか？」

「さあ、それはどうでしょう。恨んでいる百姓は何人かいたとは思うんですが、自分の口からは……」

「他言はせぬ」

音次郎は威圧するように、種次を見た。種次は右足を貧乏揺すりさせて、首筋の汗をぬぐった。それからゆっくりと、音次郎に顔を戻した。

「喜左衛門さんは、変人でした。狂っているというものもいます。それをよく知っている女を、あっしは知っています」

「誰だ？」

三

種次が口にした女は、同じ亀戸村の百姓の娘で、おまつといった。だが、今は志尾《しお》と名を変えて深川の岡場所で働いているという。種次はその店のことも知っていた。

音次郎は他の村役人にも話を聞かなければならなかったが、そっちを後まわしにすることにした。吉蔵に他の調べを頼み、ひとりで深川に向かった。

場所は永代寺門前仲町の「夕霧」という店だ。

店に入って帳場《ちょうば》に座る女将《おかみ》に、

「志尾という女がいるな」

と指名した。

「お待ちを。お志尾、声がかかったよ」

女将が半身をひねって隣の間に声をかけると、扇子をあおぎながら志尾が出てきた。大きく抜いた肩まで白粉《おしろい》を塗っており、上目遣いに音次郎を品定めして、婉然《えんぜん》とした笑みを口辺に浮かべた。

「どうぞお上がり」

音次郎は志尾に従って、階段を上がった。

店は二階が客間になっていた。割部屋と小部屋があったが、音次郎は二人だけになれる小部屋を望んだ。

「どうぞ、お入りになって。お酒はどうします？」

「もらおうか……」

「それならすぐに」

志尾は閉めた襖を開けて、下に声をかけた。それから窓辺に寄りかかって、いい風とつぶやく。

音次郎の鼻孔を志尾の白粉の匂いがくすぐった。窓からは十五間川が望めた。川は菜種油を流したように穏やかで、空の月を水面に浮かべていた。

「あたしのことを誰に……？」

横座りに科《しな》を作って志尾が聞いてきた。

「名指ししてくる人なんて、滅多にいないから」

「種次という男に聞いたのだ」

「種次……亀戸村の、あの種次……」

志尾は驚いたように目を丸くした。

「そうだ」

音次郎は扇子を広げてあおいだ。近くの店で清掻《すが》きが奏でられていた。その音が虫の声に混じって、部屋に流れてきた。

「あんたのようなお侍がなぜ種次を？」

「ちょっとしたことを知りたくてな」

志尾は小首をかしげた。そのとき、酒が運ばれてきた。志尾が盆ごと受け取って、部屋のなかに入れ、音次郎の前に差し出した。それから静かに酌をしてくれた。

志尾は三十年増《さんじゅうどしま》だろう。白粉の乗り具合や、目尻《めじり》のしわは年齢を隠せない。それでも百姓の出だとは思えぬ器量よしだ。浴衣の裾《すそ》にのぞく足や、胸元を垣間見るだけで、その肉置《ししお》きのよさもわかった。

「何を知りたいんです？」

手酌をした志尾は音次郎のそばにやってきて、頰《ほお》を寄せる。音次郎は嫌みにならない程度に、体を引き、財布から金をつかみだした。

「今夜はおまえさんと話をするだけだ。酒を飲みたかったら好きなだけ飲むがいい」

「それじゃあっちのほうはいいと……」

志尾はまた目をぱちくりさせた。猫のように大きな目で、それに合わせて睫《まつげ》も長い。

「よい。話をしたいだけだ。おまえさんは喜左衛門という名主の家に奉公していたことがあったな」

「まあ……」

志尾はまた猫目を広げた。今度は口に手をあてもした。

「喜左衛門が死んだことは耳に入っているだろうか？」

音次郎は猫目をじっと見た。

「あの人が、死んだ……ほんとですか？」

「殺されたのだ」

志尾は一瞬、息を詰めた。

「……なぜ？」

「それはわからぬ。だが、下手人はとりあえず捕まっている。米助という五人組の男だ」

「ええー、あの米助さんが……」

志尾は驚きの連続である。決して芝居だとは思えなかった。

「どうやら何も知らないようだな」

音次郎は大まかに事件のことを話して聞かせた。

「米助さんが下手人だとわかっているのに、なぜお客さんは？」

話を聞き終えたあとで志尾がいった。

「米助は下手人ではないかもしれぬ。だからもう一度調べ直しをしているのだ」

「それじゃ、お客さんはお役人さんで……」

「……そうだ」

実際は違うが、話の流れ上そう応じた。

二人の間に蚊遣《かや》りの煙がたゆたっていた。

「下手人は相当の恨みが喜左衛門にあったと思われる。そうでなければ、一家皆殺しになどしないはずだ。おまえさんはあの家に奉公していたと聞いている」

「わたしは逃げたんです」

志尾は音次郎を遮るようにいった。

「逃げた……？」

「逃げなければ、ひどいことになると思ったからです」

「話してくれ」

四

志尾ことおまつが、口減らしのために浅草の反物問屋に奉公に出たのは十三のときだった。しかし、二年ほどした正月明けに風邪をこじらせ、胸を患《わずら》ってしまった。結果、暇を出され、また実家に後戻りである。しかし、静養に努めた甲斐《かい》あって、病気は一年半ほどで平癒《へいゆ》した。

それで、あらためて奉公に出ようと受入口を探しているときに、喜左衛門の家から声がかかったので、これ幸いとばかりに再度の奉公に出た。

それが数えで十七になったときだった。

商家と違い喜左衛門の家での下働きは、きつくもなく忙しくもなかった。家にいるのは喜左衛門の家族だけである。当時は、一人娘のおかずが、小梅村の小役人の倅《せがれ》房次《ふさじ》を婿養子《むこようし》にもらったばかりで、屋敷には明るい空気があった。

忙しくなるのは月に一度、喜左衛門宅が寄合の場になるときだった。そのときは村役人と五人組が屋敷にやってきて、朝早くから話し合いが行われていた。

話し合いは廻状や御触書について、村人にいかに段取りよく伝達するかということや、村入用帳の吟味と査問、あるいは村人の合意のもとに決定した議定書の作成などであった。もっとも、おまつには詳しいことはわからなかったのではあるが、茶を出したり昼餉《ひるげ》の支度をしたりと、それは気を遣って動かなければならなかった。

しかし、その他の日はいたってのんびりしたものである。掃除、洗濯、食事の世話、繕《つくろ》い物や火熨斗《ひのし》かけ、あるいは庭の手入れといったことだが、家族が少ないので慌ただしく働くこともなく、また喜左衛門の妻たみが働き者で、おまつが必要以上に手を焼くことはなかった。

しかし、気になることがあった。毎夜のように奥の寝間から、たみの悲痛な声が聞こえてくるのだ。ときにそれは泣き声であったり、助けを求めるすすり泣きだったりした。

おまつにあてがわれた部屋は、喜左衛門の寝間から二間隔たっているだけだったので、その声がよく聞こえたのだ。

声がすれば目を覚まし、いったい何事が起きているのだろうかと思ったが、声はそう長くはなくすぐに収まった。翌朝、おたみと挨拶をしても、とくに変わった様子もなく、普段通りの顔をしているから不思議であった。

だが、そのうち喜左衛門が、おたみを蔑《ないがし》ろに扱っているということを知った。喜左衛門にとって妻は、単なる慰み者なのだ。

食事の席でも、日常の暮らしでも、喜左衛門はおたみを邪慳《じゃけん》に扱い、また言葉にも思いやりが感じられなかった。それからときに、婿養子の房次を敵《かたき》でも見るような目つきでにらむこともあった。

ある日、喜左衛門の部屋に娘のおかずが呼ばれたとき、おまつは茶を運んだことがある。ところが、廊下の途中でいつになく厳しい声が聞こえてきた。

「いったいおまえは何をやっているのだ。せっかく若い活きのいい男を婿に取ったというのに、まだやや子ができない、月のものがあるというのはどういうことだ」

「そんなことをいわれても……」

「まさかあの男、種なしなのではあるまいな。やることはやっておるのか?」

「それは……」

「とにかく房次が役に立たないとわかったら、出て行ってもらうしかない」

「…………」

「今夜も励むのだ。いいな」

「……はい」

しばらくして、おかずがしょんぼりうなだれて奥座敷から出てきた。廊下にいたおまつに気付いて、ちょっとびっくりしたようだが、

「茶を持っていってくれるかい」

おかずはすれ違う際に、おまつにいった。

「はい」

おまつが喜左衛門に茶を持って行くと、

「おまつ、もうここの暮らしは慣れたかい？」

いつになくやさしげな顔で喜左衛門が聞いた。

「ええ、大分慣れました」

「それは何よりだ。ところで、おまえはまだおぼこだろうか？」

一瞬、聞き間違えたのではないかと首をかしげると、

「おぼこかと聞いておるのだよ」

再度、喜左衛門はいった。

おまつは恥ずかしさに、ぽっと頰を染めてうつむき、

「……そうです」

と、蚊の鳴くような声で答えた。

「そうかい、それは何よりである」

喜左衛門が粘つく視線を向けてきたのは、そのときが初めてだった。

それから数日後の夜、寝間に引き取ったはずの喜左衛門が台所に行くのに気付いた。水がほしいのなら持っていってやろうと、おまつは気を利かせて布団を抜けたが、喜左衛門は台所ではなく、娘夫婦の部屋に向かっていた。それから足音を忍ばせ、部屋の前でじっと佇《たたず》み、耳を澄ましている様子だった。

そんなことを再三見るようになったのは、ひぐらしの声が少なくなった秋だった。

さらに、しばらくして喜左衛門夫婦の寝間で、とんでもないことが行われているのを目にした。その夜は、おたみの悲痛な悲鳴がいつまでもやまないので、気が気でなくなってのぞきに行ったのだ。

すると、何ということ、全裸になったおたみが縄でぐるぐるに縛られ、転がされているではないか。

「おかみさんが殺される」

そう思って、飛び込もうとしたが、何とおたみはもっときつく縛って、いじめてくれと喜左衛門に懇願するのだ。

「ようやくおまえもこの味を覚えたか。ふふふ……」

喜左衛門は奇妙な笑いを漏らして、おたみを陵辱《りょうじょく》するのだった。

おまつは見てはいけないものを見たと思い、そのことはずっと黙っていた。つぎにおかしなことに気付いたのは、娘のおかずにも喜左衛門が手をつけはじめたことだった。しかも母親のおたみは、それを知っていながら知らないふりをするのである。

おまつはわけがわからなくなった。そんなことがなければ、ずっと奉公していたかもしれない。それでも、おかずが身ごもると、喜左衛門の変態的行動は収まった。

おまつは、ほっと、胸をなで下ろしたのだが、それはほんの束の間のことだった。

ある夜、すっかり寝入った自分の布団に、誰かが滑り込んできたのだ。突然のことに悲鳴を上げようとすると、その口を塞《ふさ》がれ、

「おとなしくしておれ」

と、耳許で喜左衛門のささやき声がした。

おまつは全身総毛立ち、金縛りにあったように動けなくなった。喜左衛門はそれを

いいことに、おまつの体をまさぐり、上にのしかかってきた。

「やめてください！　やめて！　誰か助けて！」

おまつは必死に叫んだ。そのことで喜左衛門は行為を中断し、悪かった、もう二度とこんなことはしない、今晩は勘弁してくれと、それは気の毒になるぐらいに謝った。

それでおまつは溜飲《りゅういん》を下げたのだが、ほとぼりが冷める間もなく喜左衛門はまたおまつに手を出してきた。

五

「それは山に薪《たきぎ》を取りに行ったときのことです。いきなりあの男が林のなかから現れて……」

志尾はそこで一旦口をつぐみ、唇を嚙《か》みしめ、膝の手を握りしめた。音次郎はじっとつぎの言葉を待った。志尾は大きく息を吸ってから、

「今思い出しても気色悪い」

と、吐き捨てるようにいった。

「薪を取っているときに襲われたのだな」

「獣でしたよ。いきなり後ろから襲いかかってきて、わたしを引き倒して、着物を剝《は》ぎ取ったんです。助けを求めて叫んでも、山のなかだから助けは来ません。人目もないじゃありませんか。だけど、わたしは死にものぐるいで抗《あらが》いました。そうやって、必死の思いで逃げたんです」

「その日のうちに……？」

「いいえ、着物を剝ぎ取られ裸同然だったので、一度屋敷に帰って着替えをしていると、おかみさんに見つかって宥《なだ》められました。すぐにやめないでくれと……そりゃ、額を畳にすりつけて頼まれるものだから、何だか可哀想になって……それでも三日もいませんでしたけど……」

それはもう十年も前の話であった。

「だからって、名主さんを恨んだりしてはいませんよ。気色悪いとは今でも思いますが……」

「そうか……。それでは、殺すほど憎いと思ったものがいないだろうか？」

「さァ、それは……わたしにはよくわかりません。ただ、ずっとあとになって妙な話を聞いたことがあります」

「どんなことだ？」

「名主さんの家にはわたしと同じように女中奉公に行った女がいるようですけど、みんなすぐにやめていったと。まあ、そのことは何となくわかるんですが、そのなかに自害した女がいたと聞いたんです。大川に身投げしたらしいんですけど、親が名主さんの家に文句をいいに行って騒ぎになったと……」

「身投げした女の名は？」

志尾は名もわからなければ、どこの娘なのかもわからないと、煙管《きせる》に火をつけた。

「でも、誰から聞いたのだったか……」

紫煙を吐き出しながら、志尾はしばらく考えた。だが、やっぱり思いだせないと首を振った。

六

翌朝、音次郎は亀戸村の与七という組頭の家に行った。てっきり年のいった村役人だと思っていたが、与七はまだ三十そこそこの若い男だった。

「あの一件はもう片づいたんじゃありませんか」

訪問の意図を話すと、与七は解せないという目を向けてきた。

「一応片づいてはおるが、上から改め直しのお指し図があったのだ」

「そうなんでございますか……」

与七は剝き出しの脛《すね》に止まった蚊をぺしゃりと、叩《たた》きつぶした。

「じつは米助に、庄屋を恨む因縁がないのだ」

「しかし、あのものは自分がやったといったのではありませんか」

「認めてはいるが、解せぬものがある。ここで詳しく話すことはできぬが、その方に何か思いあたることはないだろうか？」

この辺はうまく話しておくべきだった。もし、真犯人が米助が証言をひるがえしたと知れば、米助の家族は無事ではすまされないかもしれない。

「思いあたることといわれましても……」

「名主の家に奉公していた女中が身投げをしたと聞いたが、その件は知っているか？」

「そんなふうな話を聞いたことはありますが、詳しくは知りませんで……」

「おぬしと喜左衛門の仲はどうだった？」

音次郎は与七を食い入るように見た。

「そりゃ村役の仕事では何度か悶着《もんちゃく》はありましたが、それで名主さんを殺すとかそんなことは思いませんよ。まさか、お役人さんはわたしのことを……」

与七は、喉仏《のどぼとけ》を動かして、ごくっとつばを飲んだ。

「念のために聞いているだけだ」

「わたしは村役について二年ほどですから、そのまえのことなら百姓代の源四郎さんに聞かれたほうが早いと思いますが……」

音次郎はそうすることにした。

源四郎の家は与七の家からほどないところにあったが、あいにく留守であった。帰りは昼過ぎだと女房がいうので、出直すことにした。

つぎに向かうのは、米助の家族が身を寄せている親戚《しんせき》の家だ。家は葛西川《かさいがわ》村にある渡船場の近くである。この渡船場は、「平井の渡し」と呼ばれており、対岸の下平井村に舟を渡していた。

太陽はその日もかっかと照っており、容赦なく音次郎の肌を焼きにきた。水田から蛙《かえる》の声が湧き、木立からは蟬の声が湧いていた。ときおり草いきれを伴って、風が吹きつけてきた。

米助の親戚の家に行くと、女房は近くの田で草取りをしているということだった。あっちへこっちへとたらい回しにされる按配《あんばい》だが、愚痴はこぼせない。

米助の女房おそねは小柄な女だった。日に焼けた顔に頬被りをして、突然の訪問者に臆病《おくびょう》そうな目を向けてきた。

「このことは他言いたすな。場合によっては米助は助かるかもしれぬ。それに神隠しにあっているという娘も、無事に救い出すことができるやもしれぬ」

「ほんとでございますか……」

おそねは、今度はすがるような目を向けてきた。二人は田のなかにぽつんと立つ一本の大きな欅《けやき》の下に、身を寄せていた。日向《ひなた》と違い、木陰は風が通れば涼しかった。

「米助は脅迫されているらしいが、そのものに気付いてはおらぬか？」

「いえ、それは……」

「娘はおきくと申したな。おきくを連れ去ったもののことはどうだ？」

「……それもよくわかりませんで」

おそねは力なくうなだれる。

その後いくつかのことを聞いたが、おそねの口から手がかりになるようなことは聞けなかった。また、自分たち家族を恨むような人間にも思いあたらないという。

「どうしてこんな災難がわたしらに降りかかってくるのかわからないんです」

今にも泣きそうな目で、おそねは足許の地面を見る。それから夫の米助は人を殺すような人間ではないと、切々と訴えた。

おそねと別れた音次郎は、もう一度源四郎の家に戻った。ところがここで思いがけないことを聞くことになった。

「喜左衛門さんの家には何人も女中の出入りがありました。辛抱が足りないと世間は思うかもしれませんが、喜左衛門さんは変人だから無理からぬことでしょう。身投げしたというのは、朱美《あけみ》という郷士《ごうし》の娘でした。何があったのか知りませんが、名主の家に奉公に行ってしばらくのことでした……」

「朱美……」

「はい、寺島村は白髭社《しらひげしゃ》の近くの娘でした。親は木崎又兵衛《きざきまたべえ》というもので、もうとうに亡くなっておりますが、倅《せがれ》がいると聞いております。この倅が手のつけられない与太者《よたもの》だという話を耳にしたことがあります」

「木崎又兵衛の倅……」

「さようです。ここだけの話ですが、わたしはその倅がもしやと思ったことがあります。ですが、何の証《あかし》もなしに滅多なことはいえませんので黙っておりましたが、妹のことを思ってその倅が復讐《ふくしゅう》をしたと、そんなことを……いえ、これはわたしの勝手な推量でございますので、どうかお聞き流しを……」

源四郎は霜をのせた髷《まげ》を指先で引っかいた。

聞き流してくれといわれた音次郎だが、それは無理な話だ。当然、木崎又兵衛の倅をあたらなければならない。又兵衛はすでに故人になっているということだが、家には妻とその倅がいるはずだ。

寺島村の白髭社は向島七福神のひとつ、寺島村の鎮守である。別当西蔵院とも称す。

音次郎は汗を噴き出しながら、寺島村に辿《たど》り着いた。背中にも脇の下にもべっとり汗をかいていた。深編笠《ふかあみがさ》を被っているが、笠のなかは蒸し、額から頬をつたう汗は顎《あご》からしたたり落ち、また首筋から胸や背中に流れていた。

村のものに聞くと、木崎又兵衛の家はすぐにわかった。又兵衛が死んだのは五年ほど前で、倅は権八《ごんぱち》という。代々郷士の家だったが、又兵衛が死んだことで、木崎家は絶えたも同じだと村のものが教えてくれた。

なぜだと問えば、

「権八はろくでもない男でして、とうの昔に家をほっぽり出しております。朱美さんが可哀想なことになれば、母親も頭がおかしくなってしまいまして……」

と、村のものはいう。

それに木崎家には誰も住んでおらず、朽ちるがままのあばら屋と化していた。

「木崎家のことを知るものはいないか？」

と訊《たず》ねたのは、白髭社前の茶屋だった。

「朱美ちゃんの家だったら、わたしはよく知っておりますよ」

いい按配に、茶店の若い女は朱美の幼馴染《おさななじ》みで、家を往き来していたらしい。茶店の女はおせいといった。

そのおせいがいうには、又兵衛が健在なときには権八も真面目に家のことを手伝い、また剣術の稽古《けいこ》や手習いの勉強に励んでいたらしい。おかしくなったのは又兵衛が死んで間もなくのことで、浅草の花川戸《はなかわと》界隈《かいわい》で暴れまわるようになったらしい。

「そのうちに行方がわからなくなったので、誰かに殺されたのではないかという噂《うわさ》が立ちもしました」

「殺された……」

「でも、そんなことはちっともなかったんです。半年ほどばかりして、ふらりと村に現れたんです。うちの店にもやってきて、愚にもつかない茶飲み話をして、気前よく心付けを置いていったりしました」

子分のように若い男を二人つけていたと、おせいは付け足した。

「羽振りがよくなって帰ってきたというわけだ」

「ええ、着てるのもその辺の古着ではない、誂《あつら》えものでしたし、持ち物にもお金がかかっているとひと目でわかりました」

「どこで何をしているか、それはどうだ？」

「さあ、それはわかりません。でももう半年以上、いやもう少し前ですね。そうそう朱美ちゃんが身投げして間もなくだったと思います」

「朱美が身投げをしたのはいつだ？」

「去年の暮れです」

「……去年の暮れ……すると、その前に亀戸村の喜左衛門という名主の家に奉公に出ていたのではないか？」

「ええ、半年ほど奉公に行っていましたが、冬の初めに帰ってきて、一月ほどしてから身投げしたんです。でも、朱美ちゃんは変わっていました」

「どのように？」

「前はよく笑う明るい子だったんですけど、名主さんの奉公をやめてきてからは、そんなこともなく、いつも思い詰めたような顔をしていました。何か悩みでもあるのかと聞いても、どこか遠くを見ながら首を振るだけで……それからしばらくして、朱美ちゃんの死体が川に浮かんだんです」

「権八が帰ってきたのは、そのあとというわけか……」

「そうですね。お代わりいたしますか?」

おせいは音次郎が冷や水を飲みほした茶碗を見ていった。お代わりを所望すると、すぐに作ってきてくれた。この茶店も蟬の声に包まれていた。太陽が雲に遮《さえぎ》られると、葦簀《よしず》の影が消え、店のなかが翳《かげ》った。

「朱美と権八の仲はどうだった?」

「そりゃ、権八さんにとってはたったひとりの妹だから、ずいぶん可愛がっていました。朱美ちゃんも乱暴な兄だけど、本当はいい人だと庇《かば》い立てするようなことをいっていたし……」

音次郎はゆっくりと、首筋の汗をぬぐいながら、表に目を向けた。朱美が身投げをしたのが昨年の暮れで、権八が帰ってきたのがそのあと。そして、喜左衛門一家が殺されたのが、今年の初め……。

「権八は去年の暮れに戻ってきて、いつごろまでいたかわからないか?」

「たしか、二、三日……二、三日だったと思います」

「二、三日……それはこのあたりで姿を見たのが、そうだったというわけだな」

「……そうですね」

おせいは少し考えてから答えた。

「権八がどこで何をしているのか、それを知っているものはいないだろうか？」

「さあ、それは……知っているとすれば、朱美ちゃんのおっかさんかもしれないけど、あの人に聞いてもきっとわからないと思います」

「頭がおかしくなっていると耳にしたが……」

「おかしいんじゃなく、気が触れているんです。それも朱美ちゃんがああなってからなんですけど」

「家にはいないようだったが……」

「籠《こ》もっているんです」

「どこに？」

おせいは、その場所を教えてくれた。

七

権八と大川に身投げした朱美の母初《はつ》が籠もっているのは、亀戸村の常光寺から北西へ九町ほど行った鮫《さめ》ヶ淵《ふち》という集落にあった。そこには小高い丘があり、中腹に龍神を祀《まつ》る滝と、修行僧が寝泊まりする小さな藁葺《わらぶ》きの家屋があった。初はその滝のそばで、もう半年以上を過ごしているらしい。食べ物は奇特な村のものが喜捨するので不自由はしていないと聞く。

音次郎は汗だくになってその場所を探したのだが、小さな滝は鬱蒼《うっそう》とした樹木に覆《おお》われており、そこだけ別世界のように涼気に包まれていた。

滝の高さは、五、六間だろうか。水は山の中腹にある洞窟《どうくつ》から突如、噴き出している。おそらく地下水の通り道がそこにあるのだろう。

滝の上にはまぶしい午後の日射しがあった。

音次郎は清らかな溜《た》まり水で顔を洗い、水に浸した手拭《てぬぐ》いを絞って体を拭《ふ》いた。背後に人の気配を感じたのは、脇の汗を拭いたときだった。

はっとなって振り返ると、白装束を着た老婆が立っていた。白髪頭はぼさぼさで、目はどこか虚ろであった。

「ここにお初という女はおらぬか?」

音次郎は立ち上がって聞いたが、声は滝音と蟬の声にかき消されたのか、老婆はあらぬほうを見たままだ。

もう一度同じことを聞くと、老婆はすうっと視線をめぐらして、熱に浮かされたような足取りで小さな堂のほうへ歩き去った。

　音次郎はあたりを歩いて、他に人がいないか捜してみたが、さっきの老婆以外に人のいる様子はなかった。老婆の向かった堂に行くと、老婆が板の間に平伏し、突如、白装束の袖《そで》を振り上げて、念仏とも呪文《じゅもん》とも取れる言葉を漏らしはじめた。

「……ねがわくはこのくどくをもて、あまねくいっさいにおよぼし、われらとしゅじょうと、みなともにぼだいしんをおこして、あんらくこくにおうじょうせんと……」

「おばば、おばば……」

　声をかけても老婆は振り向きもしない。

　仕方ないので、音次郎はしばらく待つことにした。するとどうだ、老婆が背中を向けたまま、

「倅を捜しに来たか。ついに来たか」

　と、いうではないか。

「もしや、おばばが木崎又兵衛が妻女、お初殿か？」

「倅を捜しに来たな」

「…………」

「権八を捜しに来た、そうであろう。きえぇー！」

老婆は奇声を発した。どうやら初に間違いないようだ。

「そうだ、権八を捜しに来た」

ざっと、衣擦れの音をさせて、初は半回転して音次郎に体を向けた。その目が異様に赤くなっていた。

「……あやつに近づくな。あれは魔物に取り憑《つ》かれておる。あやつの魔物を取り払わないと、災厄《さいやく》を振りまくばかりだ。近寄ると、取り憑かれる。帰れ。あやつに近寄るな」

「わかった。近寄らぬことにする。だが、権八の居所を知っているなら教えてくれぬか」

「知らぬ。知らぬが、あやつは海のほうだ。海だ、あっちだ！」

初は金切り声を発して、右手で東のほうを指さした。

「あやつは、あっちだ！」

「そうか、あっちか。わかった。ところで、名主の喜左衛門一家を殺したものを、お初さんは知っておらぬか？」

念のために聞いてみたのだった。すると、かっと初の目が見開かれた。そのまま音次郎をにらむように見据える。

「権八、権八の仕業だ。他にはおらぬ。あやつは物の怪《け》に取り憑かれておる。近寄るな。怪我をする。災いが起こる」

「…………」

音次郎は初を凝視した。

とても尋常には見えない。茶店のおせいも気が触れているといった。だが、初がたった今口にしたことを聞き流すわけにはいかない。

「お初さん、名主を殺したのはまことに権八なのか?」

「火だ。火が見える。ああー火が見える」

初は叫ぶようにいうと、また祭壇に向かって何かを拝みはじめた。

「……燃える、村が燃える。火が見える」

初はそんなことを口走りつづけた。

音次郎が火事を知らせる鐘音を聞いたのは、その帰り道だった。亀戸村の火の見櫓《やぐら》の半鐘が打ち鳴らされるうちに、村の火消したちが鳶口《とびぐち》や掛け矢を持って走る姿が見られた。

夏空に黒い煙を昇らせるのは、南のほうだった。

音次郎はもしやと思った。しばらく行って、

「火元はどこだ？」

と、ねじり鉢巻きをして駆け出そうとする、村のものに訊ねてみた。

「喜左衛門さんの屋敷です。あんな家燃えたってどうってことないんですが、山火事になりゃ大変です」

男はそういうなり一散に駆けていった。

喜左衛門の屋敷のある丘のほうに、またひときわ黒い煙が昇った。

第三章　追跡

一

浅草・新堀端袋町にある浜西晋一郎《はまにししんいちろう》の家に、晋一郎の祖父にあたる浜西吉右衛門《きちえもん》方の使いの小者が駆けてきたのは、昼間の暑さがようやくやわらいだ夕暮れ時だった。

晋一郎は猿屋町にある阿部《あべ》道場から帰ってきたばかりで、母の弓《ゆみ》から着替えを出してもらったところだった。

「なに、お義父《とう》様がお倒れになったと……」

弓は手にしていた着替えを足許に落とした。

「炎天のなかをお歩きになっておられましたので、暑気にあたったのではないかと、医者は申しております」

「それで、容態はいかがなのです？」

「それが、どうにもよくないようでございまして、旦那様《だんなさま》は譫言《うわごと》のように晋一郎様のことを口にされております」

着替えをしていた晋一郎は、弓と使いの小者に目を向けた。

「すぐにも枕辺《まくらべ》に行っていただけませんか」

「それならすぐ、支度をしてまいりますので、おまえ様は早く帰って、その旨を伝えておくれ」

弓がいうと、小者は深く辞儀をして駆け去っていった。

「死にそうなのでしょうか？」

晋一郎はキュッと帯を締めてから母を見た。

「行ってみなければわからないけれど、暑気あたりも放っておくと大事に至るといいます。お義父様は齢も考えず無理をされたのではないだろうか。ともかく晋一郎、急いで……」

そういった弓も奥の間に入って、忙しく着替えにかかった。

晋一郎は涼しげな井桁絣《いげたかすり》に紺献上《こんけんじょう》姿だ。武士の子らしく大小を差すのだけは忘れなかった。家を出た二人は夕暮れの町を小走りに駆けた。

昼間はうだるような暑さだったが、夕風が出ており、幾分暑さはやわらいでいた。武家地にはひぐらしの声も聞かれた。

浜西吉右衛門の家は、下谷御徒町《したやおかち》にあった。晋一郎の家から十八町ほどの距離だ。

二人は吉右衛門宅に駆け込むと、そのまま座敷に上がり込んだ。

「寝間は暑苦しいので、奥の座敷に移してあります。でも、寒い寒いと震えていらっしゃって……」

心配そうにいうのは飯炊きの下女だった。

ともかく晋一郎と弓は、吉右衛門の枕許に座った。吉右衛門は半開きにした口から、うめくような声を漏らしていた。額には粟粒《あわつぶ》のような汗が浮かんでいた。

「お加減は……？」

弓が遠慮がちな声で、吉右衛門の妻安江《やすえ》に聞いた。

「医者が申すには、様子を見なければわからないということです。ただ……」

安江は扇子で自分の夫をあおぎつづけながら言葉を切った。

「どうなのです？」

「何分にも様子を見ないとわからないと、医者は申します。……まったくこんな暑い日に、年甲斐《としがい》もなく表を歩くからなのです」

安江は半ばあきれたような口調でいい、夫の額の汗を叩《たた》くように拭《ふ》いた。

晋一郎は「うーうー」と声を漏らす祖父の顔をじっと見ていた。しわ深い顔は、鼻息荒く倅《せがれ》の敵《かたき》を討つのだと、毎日歩きまわっているので干し柿《がき》のような色をしていた。髭《ひげ》こそあたってあるが、鼻毛が伸びている。耳の穴からも毛が生えていた。

祖父は、死罪を受けた佐久間音次郎は、まだ刑を受けておらず生きているといい張ってきかない。しかも牢獄《ろうごく》から釈放され、表を歩きまわっているというのだ。晋一郎はまったく信じていなかったが、祖父はいくつかの証言を集め、かつ人相書きを作って情報収集にあたっていた。

「し、晋一郎は……来ておるか……」

ふいに、吉右衛門の口からそんな声が漏れた。

「ここにおります」

「おるのか？　どこだ？」

晋一郎が弓を見ると、手を取れと目でいい聞かせられた。晋一郎はかさついた祖父の手を握った。その手を吉右衛門がぎゅっと握りしめた。

「おお、いたか」

「ちゃんとそばにおります」

吉右衛門は目を閉じたまま、うんうんとうなずき、口辺に笑みを浮かべた。

「敵を……敵を討つのだ」

「はい、わかっております」

「爺《じい》はもう駄目じゃ。頭がくらくらして、寒い、おお寒いぞ……」

吉右衛門はぶるぶると震えだした。安江が布団をかけ直して、風が入らないように肩のあたりを押さえた。

「……こんなに暑いのに、寒いだなんて……あなた様、寒くはありませんよ」

「寒い、寒い」

吉右衛門は子供のようにいって震え、しばらくすると寝息を立てた。

安江が心配そうな顔で、もう一度医者を呼んだほうがいいのではないかと、みんなの顔を見た。

「用心のために呼んでおきましょう」

弓が応じると、中間《ちゅうげん》が医者の家に走った。

医者が来るまで、安江は吉右衛門がふらふらになって帰ってきて、玄関先で倒れたことを話した。吉右衛門はしばらく意識が戻らなかったらしい。

外はいつの間にか暮れ、闇《やみ》が迫っていた。開け放された縁側から風が入ってきて、風鈴が小さな音を立てた。

部屋に燭台《しょくだい》が点され、蚊遣《かや》りが焚《た》かれた。

晋一郎は吉右衛門が作った人相書きを眺めた。

〈佐久間音次郎　三十三歳　背高き方　頑健な体　眉毛《まゆげ》濃き方　眼光鋭し　唇厚き方
色浅黒き方　鼻筋通り方〉

人相書きには似顔絵の横に、そのようなことが書き添えてあった。飽きるほど眺めているので、晋一郎の頭にはそれらのことが明瞭《めいりょう》に刻みつけられていた。

佐久間音次郎は、晋一郎の父を殺した男である。絶対に許せる相手ではない。だが、町奉行に死罪を申し渡され、牢獄に送り込まれたのだ。さらに、刑も予定通りに執行されたと伝え聞いている。

それなのに、祖父の吉右衛門は、佐久間は生きているといって折れない。当初は祖父のいうことを信じていたが、そのうち祖父の妄想ではないかと思うようになっている。暇な隠居の身だから、勝手な思い込みで暇をつぶしているのだろうと……。

もし、そうであれば、晋一郎にしてみれば、迷惑千万このうえない。だが、倒れてもなお、敵討ちのことを口にする祖父を見ていると、悲痛な気持ちになった。

半刻ほどして医者がやってきたが、脈を取り、熱を診て、

「熱と脈の乱れが気になるが、そう重篤《じゅうとく》ではないでしょう。単なる暑気あたりなら明日には恢復《かいふく》するはずです」

そういうので、みんなは胸をなで下ろした。

安江は万が一のことを考え、今のうちに近親者に知らせておいたほうがいいのではないかといったが、

「それはお義母様、もし恢復されたら、先様にご迷惑をかけることになりますし、恥をかくことになりませんでしょうか」

と、弓が諭すようにいったので、結局は様子を見ることになった。

晋一郎は遅めの夕餉《ゆうげ》を祖父宅でいただき、頃合《ころあ》いを見て母と帰るつもりだった。ところが、五つ半（午後九時）を過ぎた頃、手拭《てぬぐ》いを替えにいった安江が、

「晋一郎、奥へ来ておくれ。おまえを呼んでいるのだよ」

いわれた晋一郎が祖父の枕許に行くと、

「おお、来たか。ついに見つけたぞ」

吉右衛門は薄目を開けて、か細い声を出した。

「……本当でございますか？」

「あやつは本所のほうだ、竪川を東に行った三ツ目之橋……そのあたりで、見たというものが何人もいる」

「まことで……」

晋一郎はひと膝《ひざ》進んで、祖父に顔を寄せた。

「よいか、討ち……漏らすで、ないぞ」

吉右衛門はそこで口を閉じ、大きく息を吸って吐き出したと思うや、がっくり首を横に倒した。晋一郎は、はっと目を瞠《みは》り、

「お祖父《じい》さん！　お祖父さん！」

その声で家のものたちが慌てて駆けつけてきた。

だが、すでに吉右衛門は息絶えていた。

二

木崎権八は、浅草花川戸界隈《かいわい》ではちょっと知れた男だ。もっともそれは裏の世界のことであり、知っているものは〝荒神《こうじん》の権左《ごんざ》〟と呼んでいる。

権左は徳利の酒を、ぐい呑《の》みになみなみと注ぎ、夏の夜空をあおいだ。ゆるやかな風が縁側から流れ入っていた。

立てた片膝にぐい呑みを持った肘《ひじ》を置き、そっと酒を飲んだ。片肌脱ぎになっており、剝《む》き出しの背には通り名が示すように、いかめしい顔をした荒神の彫り物があった。

権左がいるのは花川戸町河岸《がし》に近い、小さな油屋の二階だった。窓の向こうに星明かりを受ける大川が望めた。対岸には水戸中納言の広大な屋敷が夜の闇《やみ》に沈んでいる。目を川下に転じると、闇のなかに象《かたど》られている吾妻橋の影が見えた。

夏の花川戸町は風流だ。冴えない油屋の二階でも、窓を開け放していれば、どこからともなく三味や琴の音が聞こえてくる。ときに艶《あで》やかな女の嬌声《きょうせい》も聞かれる。

権左は蚊遣りの煙を手で払い、また酒を飲んで遠くの闇を凝視した。うっすらと汗の浮かんだ額を指先で払い、その指を舐《な》めた。

「ふっ……」

息を吐くようにかすかな笑いを漏らし、口の端をゆるめ首を振った。

三年でもいいか……。いや、贅沢《ぜいたく》はいわねえ、あと一年も派手に遊びまくっていられりゃ、それで本望だ。

権左は長生きしようなどと思っていなかった。さらには己のような外道《げどう》は、長生きなどできないということもわかっていた。ただ、生きている間に、御蔵前《おくらまえ》の札差《ふださし》や老舗《しにせ》の大店《おおだな》の旦那衆に負けない遊びをしてみたいという悲願があった。

それは吉原の大門《だいもん》を閉め切り、大遊廓《ゆうかく》を買い占めることだった。一晩じゃない。少なくとも三晩は、大盤振る舞いのど派手宴会をやりたいのだ。

鼻持ちならない花魁《おいらん》を侍らせ、顎《あご》でこき使い、好き放題やる。一世一代の大遊びだ。男ならそれぐらいのことをやって死にたい。

いつしか、それが権左の夢になっており、そしてそれを実現させようと目論んでいる。もっともそんな金は、手許にはまったくない。金はこれから作るのだ。

「なあに、作ってみせる」

声に漏らした権左は、酒を一息にあおった。そのとき、階下に声があった。子分の長兵衛《ちょうべえ》だとわかった。

「上がってこい！」

権左はよく通る甲高い声でいった。

すぐに長兵衛が息を切らして上がってきた。

「なんでえ、汗びっしょりじゃねえか」

「へえ、早く兄貴に伝えなきゃならねえと思い、走ってきたんです。一杯いいですか？」

「おう、やれ」

権左は徳利の酒をそばにあったぐい呑みについでやった。

「……その面を見ると、いよいよ船が来るんだな」

「へえ、そういうことです」

長兵衛はくーっと酒をほした。見るからにうまそうな飲みっぷりだった。

「それでどこの店のだ？」

「へえ、大坂から来るのは三國屋という大きな廻船問屋の船です。積み荷は南新堀河岸の油問屋に下ろされるのがわかりやした。もっとも、下ろすのは油だけじゃありませんが、相当の量だといいやす」

「金にすりゃ、どのくらいだ？」

「たしかなことはわかりやせんが、千両は下らないといいやす」

「千両……」

つぶやいた権左は舌なめずりをして、満足げに首を振った。

「いい話だ」

「それで船が品川に着くのが明後日で、江戸を発《た》つのはそれから五日後だといいやす」

「間違いねえな」

「探りを入れている庄助《しょうすけ》が、自信たっぷりにいいやすんで、間違いないでしょう」

庄助とは長兵衛と同じ権左の子分である。

「上出来だ。まあ、やろうじゃねえか」

機嫌よさそうにいった権左は、長兵衛に酌をしてやった。

「その船は曲げてもおれたちのものにするんだ」

「へえ、もうすっかりそのつもりでおりやすから。兄貴と組めば必ずやうまくいくに決まってます」

「ちょこざいなことをいいやがる」

「へえ、へえ。それで、庄助の野郎もあれこれ算段しておりますんで、船が着くころには何もかも整うはずです」

「いい話だ」

「何ていったたって兄貴の考えには頭が下がります。まさか船を狙《ねら》うなんて、思いもつきませんでしたからね」

「最初は単なる思いつきだったのさ。ところが、それをよくよく思案してみれば、これがなかなかの妙案だった」

「陸《おか》の上で盗賊まがいのことをやりゃ、足がつきやすいですからね。火盗改めの目も番所（町奉行所）の目も気になります。それが海だと、やつらもそう容易《たやす》く手出しはできねえ。まったく頭が下がりますよ。肴《さかな》がねえじゃありませんか、何か見繕《みつくろ》ってきましょうか」

権左はまあ待てと、尻《しり》を浮かしかけた長兵衛を引き留めた。

「今夜は気分がいい。これがうまくいきゃ、しけた博徒《ばくと》なんかやってられねえ。任《にん》俠《きょう》がどうの、義理がどうのと、うるせえことをいうやつの鼻もあかせるってもんだ。もっとも、やつらのことは鼻にも引っかけちゃいねえが、おれもそろそろ大きく男を売らなきゃならねえ。おまえだってそうじゃねえか」

「へえ、そりゃもちろんです。どうせやるなら大きなことをしなきゃ、面白くありませんからね」

「それにしても何でもかんでも金だ。力がどうのこうのいっても、所詮《しょせん》金がなきゃ、話にならねえ。おれも無理を聞いて、花川戸の親分衆のために一役買ってきたが、それもうんざりだ。気の乗らねえ殺しもやったが、見返りは鼻くそだった。やってられねえとはこのことだ」

「まったくです」

「だがよ、長兵衛……」

声を低めた権左は、身を乗り出して長兵衛に顔を寄せた。

「こりゃ、まだ話だけだ。庄助の段取りが出来たとしても、船に乗り込むまでは何が起こるかわからねえ。ここは勝負所だ。明日からはおれもおめえらと一緒に動くことにする」

「そりゃ望むところです。庄助も兄貴が出てくりゃ百人力だといっておりますし」

「まずは、積み荷がいくらになるのか、それが知りてえ。詳しいところをよ」

「そりゃ一等気になることですからね」

「それから船は空荷じゃ帰らねえはずだ。江戸で積み込むのにどんなものがあるのかも調べなきゃならねえ」

「もっともなことで……」

「下ってきた船がいくら売り上げ、帰りにその売り上げをいくら使うのか……つまり、帰りの船にはいくらの金が残っているのか、そのあたりが肝腎《かんじん》なところだ。五百両だ千両だといっても、差し引きの金がそれだけ残っているとは限らねえはずだ」

「……そりゃそうでしょう」

「いいか」

権左はぎらりと目を光らせた。

「おれがほしいのは五百両や千両じゃねえ。少なくとも五千両は稼ぎてえんだ。そのことを忘れるんじゃねえぜ。五千両稼いだら、ぱーっと生きる」

「へえ……」

「満開の桜が、にわかの風に散ってしまうように、派手に生きて死ぬんだ」

「粋《いき》なことを……」

「抜かりなくやるぜ。さあ、やれ」

権左は徳利を引き寄せた。

三

「よく降りやがる。これじゃまったく商売上がったりだ」

ぼやくのは地紙《じがみ》売りの行商だった。さっきから入口脇の床几《しょうぎ》に腰掛け、降りしきる雨を眺めている。

音次郎は土間を上がった入れ込みの隅で吉蔵を待っていた。

そこは名無し飯屋だった。看板も暖簾《のれん》も出ておらず、戸障子にかすれた字で○に飯と書いてあるだけだ。六間堀《ろっけんぼり》に架かる山城《やましろ》橋の近くである。

昼下がりに降りはじめた雨は、地面を穿《うが》ちあっという間に水溜《みずた》まりを作っていた。店の庇《ひさし》からは大粒の雨垂れがぽとぽと音を立てて落ちていた。

その日、音次郎は亀戸村の五人組のひとり、甚作《じんさく》という男に会ってきた。甚作は殺された玄造と仲が悪く、また名主の喜左衛門にも何度か盾突き、強い咎《とが》めを受けていたと聞いたからだった。

見るからに強情そうな甚作ではあったが、あっさり容疑は晴れた。喜左衛門一家が殺された頃、甚作は痛風にかかり、家から出ていなかったのだ。家のものだけでなく近隣のものも、嘘《うそ》でないことを証言したので、それ以上の穿鑿《せんさく》は無駄であった。

やはり一番疑わしいのは、木崎権八ということになる。音次郎は向島の茶店の娘、おせいから権八が花川戸界隈で暴れ回っていたということを耳にしている。権八の行方はわからないから、花川戸をあたるしかないのだが、そっちは吉蔵にまかせていた。

店には蚊遣りの煙が立ち込めていた。客は雨宿りの地紙売りの他に数人しかいない。どの客も沈んだように、酒を飲んだり茶を飲んだりしていた。

雨が降りだしたのは、音次郎が名無し飯屋に飛び込む寸前だった。間一髪のところで雨を逃れることができたが、吉蔵はなかなかやってこない。音次郎は、もう一刻（約二時間）はそこで暇をつぶしているのだ。

ぴかっと稲妻が黒い空を走り、薄暗い店内を一瞬青白い閃光《せんこう》で満たした。つぎの瞬間、腹を下したような音が鳴り響いた。

雷は五、六度江戸の空で鳴り響き、次第に遠ざかっていった。それに合わせるように雨は小降りになり、庇から落ちる雨垂れも少なくなった。

吉蔵がやってきたのはそれから小半刻ほどあとだった。すでに雨は上がっており、晴れ間までのぞいていた。通りに出来た水溜まりが、強い日射しを照り返している。

「どうやら荒神の権左と呼ばれる男が、木崎権八のようです」

尻からげで店に入ってきた吉蔵は、茶を飲んだあとでいった。

「荒神の権左……」

「花川戸を牛耳《ぎゅうじ》っている高滝の友蔵《ともぞう》という博徒がおります。権八こと権左はその一家の食客だったといいます。今は一家を離れ、用心棒暮らしをしているとそんなことを耳にしました」

「どこにいるのか所在はつかめないのか？」

「それはまだですが、いずれ焙《あぶ》り出します」

　吉蔵は太い腕に止まった小蠅《こばえ》を払って、ゆっくり茶に口をつけた。吉蔵はひとりで権八捜しをしているのではない。そのことは薄々音次郎も知っているが、果たしてどんな人間を使っているのか、それはわかっていない。このあたりは囚獄の下僕としての秘密らしいから、音次郎もあえて聞いていなかった。

「それで権八、いや権左といったがいいか。そやつはどんな男なのだ？」

「噂《うわさ》では殺しを厭《いと》わぬ残忍な男らしいですが、見た目は女にもてそうなやさ男だといいます。実際、何人もの女をたらし込んでいるとか……」

「腕は立つのか？」

「かなり達者なようです。もっとも噂だけですし、実際のところはどうだか……」

「暴れ回っていたというのなら、喧嘩《けんか》慣れしているということだろう」

「……どこで用心棒をしているのか、つるんでいる仲間がいるのか、その辺のところももう少し待ってもらえれば、わかります。ともかく荒神の権左と呼ばれる男が、木崎権八と見て間違いないでしょう」

　音次郎は口中で、荒神の権左とつぶやき、格子窓の外に目をやった。雨雲はすっかり去り、青空が広がっていた。

「権左の母親は気が触れているようだが、権左は東の方角にいるようなことをいった。亀戸村から東となれば、かなり広い。しかし、方角からいえば、本所か深川ということになるのだが、あれはどういうことなのだ……」

つぶやくようにいう音次郎は、狂ったように叫んだ初の言葉を思い出した。

――あやつは物の怪に取り憑《つ》かれておる。近寄るな。怪我をする。災いが起こる。

真に受けるつもりはないが、どうにも気になる言葉だった。

「それで旦那、これからどうします？」

「うむ、亀戸村の村役と五人組は大方あたったし、あとは権左の行方をつかむだけだ」

「それじゃ、そっちのほうを急いでやることにしましょう」

「まかせてよいか」

「それはあっしの仕事です」

吉蔵は蝦蟇《がま》のような目をぐりっと剝いた。

四

上方、とくに大坂から江戸に下ってくる物資のなかで最も多いのが菜種油である。これは移出品総体の三割程度を占めていた。

油は菱垣廻船《ひがきかいせん》で運ばれてきて、霊岸島《れいがんじま》にある「油仲間寄合所」において取り引きをされる。霊岸島にある新川沿いの河岸地には、酒が入ってくることで有名だが、油のほうは主に同じ霊岸島の南新堀一丁目と二丁目の河岸地に下ろされていた。

もちろん、荷揚げされるのは油だけでなく、木綿や銅、酢、醬油《しょうゆ》などもあるので、河岸地にはそれらの問屋が軒をつらねていた。

菱垣廻船は江戸沖に停泊して、瀬取《せどり》と呼ばれる艀《はしけ》に積み荷を移し替えてから霊岸島の各河岸地に運ばれる。

「それじゃこのあたりに宿を取ろうじゃねえか」

霊岸島は南新堀河岸にやってきた権左は、船着場をひと眺めしていった。

「兄貴、それでしたらご心配なく。もうとっくに宿は決めてありますんで……」

いうのは出目の庄助だった。

「どこだ？」

「反対岸に泉屋って旅籠《はたご》があります。二階の部屋ですから、この河岸地の様子をのんびり眺められます」

「それじゃそこに腰を落ち着けようじゃねえか」

権左と庄助は日本橋川に架かる湊橋《みなと》を渡った。ひどい通り雨のあとでからっと晴れ上がった空は、沈み込もうとしている太陽に染められていた。

「船は大坂から何日ぐれえでやってくるんだ？」

「早けりゃ五、六日だそうですが、海が荒れると、十日とか十五日とかいろいろだっていいます」

「五、六日で……へえ、船ってえのは速いもんだな」

胸元を大きく広げ、肩で風を切って歩く権左は、萌葱《もえぎ》色の着流しに紫帯という派手ななりだ。帯には長脇差しではなく大小を差している。庄助のほうは長脇差しだ。

「長兵衛は宿のことは知ってるのか？」

「知ってます。おっつけやってくるでしょう」

長兵衛は舟の手配をしにいっているのだった。

泉屋という旅籠は小さな二階屋だった。泊まり客は諸国からやってくる行商人が多いようだが、ときに出合い茶屋代わりに使う男女もいるという。

女中に案内されて二階の客間に入った権左は、早速酒を注文した。

窓には日除けの簾《すだれ》がかけられており、下げてある風鈴が夕風に小さな音を立てていた。

「ま、やろうじゃねえか」

酒肴《しゅこう》が運ばれてくると、権左と庄助はちびりちびりとやり出した。

「廻船は明日着くんだったな」

「予定ではそうなっておりますが、二、三日遅れるかもしれねえってことです」

庄助は南新堀河岸にある荒木屋《あらきや》という水油問屋の手代と通じて、廻船の情報を手に入れていた。その手代は大の酒好き女好きで、酒を奢《おご》り女の世話をすると簡単に庄助を信じるようになったという。

口説きの庄助という渾名《あだな》があるぐらいで、そのくらいのことはお手のものなのだ。もっとも信用を得るには、一、二度の付き合いでは無理だから、ここ三月ばかり手代と夜遊びを繰り返しているのだった。

舟の手配をしに行っていた長兵衛がやってきたのは、夕日を照り返していた日本橋川が暗くなりかけた時分だった。

「舟と一緒に船頭を雇うことにしやした」

やってきた長兵衛は開口一番にいって、腰をおろした。

「どこの船頭だ？」

「舟を借り切るつもりであたっていたんですが、海に出るんじゃ素人には漕《こ》げないってどこの船宿もいいますんで、結局、行徳河岸《ぎょうとくがし》の船宿の船頭と話をつけました」

行徳河岸は腰を据えている旅籠から目と鼻の先だった。

「舟は一艘《そう》かい？」

権左は口の前で盃を止めて、馬面の長兵衛を上目遣いに見た。

「とりあえず一艘です」

「一艘で間に合うか……」

つぶやいた権左は帳《とばり》の下りた表を眺めた。

対岸の町屋に火明かりがあった。

「一艘じゃ足りねえかもしれねえ。今は三人きりだが、場合によっちゃ人を増やさなきゃならねえ」

「それじゃ分け前が減っちまうじゃねえですか」

口を尖《とが》らせるのは、庄助だ。

「ケチなことというんじゃねえ。人が足りなかったばかりに、しくじったんじゃ話にもならねえ。よく考えてみな。おれが船主《ふなぬし》だったら、腕の立つ男をひとりや二人は雇うはずだ。船は大坂からまっすぐ江戸にやってくるんじゃねえと聞いてる。途中、いくつかの港に止まるっていうじゃねえか。そんな港にゃ、当然質《たち》の悪いごろつきがいるのが相場だ。船にはきっと用心棒みてえなやつが乗ってるはずだ」

「……そこまでは頭がまわりませんで」

庄助は鬢《びん》のあたりをぼりぼり掻《か》いた。

「それで廻船がやってきたあとの段取りを考えなきゃならねえ。いいか、これからおれのいうことをよく聞いておけ」

へえと、庄助と長兵衛は同時に返事をして、権左にひと膝進めた。

「まず、庄助。おれが今いったようなやつが、船にいるかどうかを調べるんだ。それから沖に止まっている廻船にどうやって近づけばいいか、それも考えなきゃならねえ。艀に混じって乗り込む手もあるだろうが、雇った舟で追いかけるのか、それとも沖で待ち伏せするのか、その辺のことも思案のしどころだ。それに雇った舟は、仕事が終わるまで待ってもらわなきゃならねえ。当然、廻船の上で一暴れするつもりだから、船頭の野郎が恐れをなして逃げちまったら、目も当てられねえ。そうだな」

「へえ、まったく兄貴のおっしゃる通りで……」

長兵衛が感心顔でいえば、

「やっぱ兄貴はおれたちとおつむの出来が違うな。そんなことまで考えなかったから」

と、庄助も言葉を添える。

「容易《たやす》く船を襲えると思ってるんじゃねえぜ。取りかかる前の支度が肝腎だ。おれがいいたいことは大方わかっただろう。……それじゃどうやって船を襲うか、これからじっくり考えるんだ。おめえたちの考えを遠慮なくいいな」

その夜、三人は本格的に襲撃計画を膝詰めで話し合った。

五

祖父吉右衛門の葬儀一切が終わり、晋一郎は少し気が抜けた思いだった。あまりにも祖父の死があっけなかったからでもある。人の死とはこんなものなのかと思った。考えてみれば、佐久間音次郎に殺された父の死もあっけなかった。

縁側であぐらをかいていた晋一郎は、朝顔の蔓《つる》の向こうに見える青空を眺めた。

「晋一郎、道場はよいのですか？」

台所から弓の声が聞こえてきた。

「今日は休みだといってあるではありませんか」

「だったら手習いに行ってきたらいかがです。あなたは曲がりなりにも浜西家の当主なのですから、しっかりしなければいけませんよ」

うるさいことをいう母親ではあるが、祖父の葬儀が無事に終わって、何だかほっとしているようである。

「悲しみより、忙しさに追われているうちに何もかも終わったわね」

と、いったとき、弓の顔に安堵《あんど》の色が浮かんだのを、晋一郎は見ていた。

ぼんやり空を眺めていた晋一郎は卒然と立ち上がった。

「母上、ちょっと出かけてきます」

「あら、どちらへ？」

「近所です」

そういったが、行き先は胸の内に決めていた。

大小を差して表に出た晋一郎は、蟬《せみ》の声を聞きながら編笠《あみがさ》を被った。

向かうのは本所である。祖父吉右衛門はいまわの際に、

――あやつは本所のほうだ、竪川を東に行った三ツ目之橋……そのあたりで、見たというものが何人もいる。

と、はっきりいったのだ。

その言葉が、ずっと晋一郎の頭にこびりついて離れなかった。もし、それが本当であれば、佐久間音次郎は小伝馬町の牢屋敷から解き放たれているということだ。お上から裁きを下された男が、よもや生きたまま釈放されたとは思えないが、一途に息子の敵を討つのだと執念を燃やしていた祖父の言葉を全面的に否定もできない。

たしかめるだけたしかめようと、晋一郎は思うのである。しかし、心の奥には、まさかそんなことはないだろうというあきらめもある。父を殺した佐久間のことは憎いが、すでに死罪になっているはずなのだ。

大橋を渡って本所に入ると、竪川沿いに東へ歩いた。以前、この通りを何度も往き来し、佐久間を捜したことがある。一ツ目之橋近くで、佐久間に似た男が目撃されたという情報を、吉右衛門が得たからだった。

ともかく祖父の最期の言葉は気になる。もやもやしたことをいつまでも引きずっていては、気持ちがすっきりしないので、白黒はっきりさせたかった。

二ツ目之橋を過ぎたところにある茶店で、数人の若い男が楽しそうにしゃべっていた。いずれも晋一郎と変わらない年頃だった。

おとっつぁんへの土産はどうするんだとか、兄弟にも何か買って行かなきゃならないと、話し合っている。

どうやらどこかの店の丁稚《でっち》のようだ。彼らを見て、そうか今日は藪入《やぶいり》かと晋一郎は気付いた。商家に奉公し、小僧や丁稚と呼ばれるうちは、年に二度だけ親許に帰ることを許される。それが七月十六日と正月十六日だった。

店の当主は、丁稚らに小遣いを与え、着物や手拭いや履き物を新調してやる。丁稚らは晴れ晴れとした顔で、いそいそと家路を辿《たど》るのだが、茶店にいる男たちはもう何度か経験しているらしく、道草を食う余裕がある。

晋一郎はやり過ごして行こうとしたが、「待てよ」と立ち止まって、彼らのそばに行った。急に侍の子供が近づいてきたので、彼らは警戒の目を向けてきた。

「つかぬことを訊《たず》ねるが、貴公らはどこの商家のものだ?」

丁稚らしき若者たち三人は互いの顔を見比べた。そのなかの一番大きな男が答えた。

「日本橋の近江屋《おうみや》ですけど……何か?」

「じつは捜している男がいる」

晋一郎は懐から例の人相書きを出して三人に見せた。

「この男を見たことはないだろうか？」

三人は人相書きをめずらしそうに眺めていたが、揃《そろ》ったように首をかしげ、見たことはないといった。

「この男は何をしでかしたのです？」

一番年下と思える男が聞いてきた。

「わたしの父を殺した敵だ」

「えっ、それじゃ人殺し……」

三人はもう一度人相書きを眺めたが、やはり見覚えのある顔ではないと口々にいった。晋一郎は期待する言葉が返ってくるとは思っていなかったが、それでも少しだけ気落ちした。

「……邪魔をした。今日がよい日になればよいな。それでは」

晋一郎は目顔で挨拶《あいさつ》をして立ち去った。

それから三ツ目之橋界隈を流し歩き、さらに四ツ目之橋に足を延ばしてみた。このあたりも以前、何度か来ている。歩き疲れた晋一郎は、茶店の床几《しょうぎ》に腰をおろして、首筋の汗をぬぐった。

竪川は傾いた日の光を照り返していた。数日前からひぐらしの声が増えている。もう夏の暑さもわずかなのだろう。現に赤とんぼが飛ぶようになっていた。

晋一郎は目の前を行き交う侍や浪人はもちろん、商人風情の男にも目を注ぎつづけているが、佐久間らしき男を見ることはなかった。

明日も来てみようかと腰を上げかけたとき、晋一郎の目がひとりの女に注がれた。以前ここに来たときに声をかけた女だった。手拭いで頰被《ほおかむ》りをし、日笠を被っているが、顔は忘れていなかった。

きぬはその朝、音次郎に草鞋《わらじ》を新調しておくように頼まれていた。その買い物のついでに夕餉《ゆうげ》の材料を仕入れようと、四ツ目之橋に近い市場に足を運んできたのだった。このあたりには近隣の百姓らが蔬菜《そさい》を持ち寄ってきて市を立て、また近くには惣菜《そうざい》を売る店があった。

「もし……」

と、すぐ近くで声をかけられたのは、何か手頃なものはないだろうかと、一軒の惣菜屋に近づいたときだった。

声に振り返ると、侍の子供が立っていた。誰だろうと思ったが、つぎの瞬間、きぬはドキンと胸を脈打たせた。

父の敵を討つのだと音次郎を捜している浜西晋一郎だったのだ。

「お忘れですか？」

驚いたような顔をすると、晋一郎はやわらかな笑みを浮かべていった。

「前に一度お会いしたことがありますね」

「ああ、そうだったかしら……」

きぬは落ち着くのだと、自分にいい聞かせてとぼけた。

「わたしはおかみさんのことを覚えております。父の敵を討つために人捜しをしているのだと、一度人相書きをお見せしたではありませんか」

晋一郎はまっすぐなすんだ瞳を向けてきた。きぬは動揺しながらも、

「ああ、あのときの……」

と、努めて冷静を装って言葉を継いだ。

「まだお捜しなのですか？」

「このあたりで似ている男を見たという話を聞いたのです」

「でも、その方は死罪になっているのではございませんか？」

「……やはり覚えていらっしゃいましたか」

そう応じた晋一郎の目が、一瞬きらりと光った。

「人相書きを見せられましたからね。それに敵討ちということは、尋常ではないので覚えていたんです」

「おかみさんの家はこの近くですか？」

「ええ、そうですけど……」

「それじゃ、頼まれてもらえませんか？」

「何をでしょう？」

「この男を見つけたら、是非とも教えていただきたいのです」

晋一郎は例の人相書きをきぬに渡した。きぬは押しつけられるようにして受け取ったのだが、手が震えそうになっていた。

「お住まいを教えていただけたら、ときどき訪ねたいと思いますが、いかがでしょうか？」

晋一郎はとんでもないことをいい出した。きぬはどうすればよいかと、めまぐるしく考えた。

「家は近くですが、うちには病人がおりますので、どなたにも訪い《おとな》は遠慮願っておるのでございます」

とっさにそんなことをいうと、晋一郎は一度視線を落としてから、

「それじゃわたしの住まいを教えますので、ご足労ですがもしその男を見かけたらお知らせ願いたいのですが、頼まれていただけませんか」

と、必死の目を向けてきた。

「わかりました。ご期待に添えるかどうかわかりませんが……」

きぬが応じると、晋一郎は丁寧に自分の家を説明しだした。

六

権左は苛立《いらだ》っていた。

襲撃予定の船の到着が遅れていることもあるが、仲間に引き入れようとしていた大《おお》野勇次郎《のゆうじろう》が鼻で笑うように、席を蹴《け》って立ち去ったからであった。

「どうします？」

長兵衛が緊張の面持ちで聞いてきた。

権左は内心の焦燥を強めたまま、畳の目をじっと凝視していた。大野勇次郎は用心棒仲間であった。二人でつるんで博徒の用心棒を何度も務めたことがある。それだけに気の許せる仲であったし、信用もおける男だった。

だから、今度の計画を包み隠さず話したのだが、

「たわけたことを。おれは聞かなかったことにしてやるから、勝手にやるんだ」

と、勇次郎は権左の持ちかけた相談を断ったのだった。

「兄貴、何もかも勇次郎さんに話しちまったんですよ。もう一度説得したほうがいいんじゃありませんか」

隣にいる長兵衛は落ち着かなくいった。

例の泉屋の二階であった。

視線を落としていた権左は、ゆっくり顔を上げると長兵衛をにらむように見た。

「おれと一緒に来るんだ。勇次郎の野郎、生かしちゃおけねえ」

差料《さしりょう》を力強くつかむと、長兵衛がごくっと生つばを呑《の》んだ。

「まさか、勇次郎さんを……」

「おれはやつを信用して何もかもくっちゃべっちまった。それなのに、あの野郎、断りやがった。他言はしないといいやがったが、そんなことを信用できるか。仲間以外におれたちの秘密は知られちゃならねえ。そうじゃねえか」

「ヘッ……そ、そうです」

「おれも甘かったが、こうなったら放っちゃおけねえ。ついてこい」

すっと立ち上がった権左は、そのまま表に出た。

紫紺《しこん》色の空に浮かぶ雲は朱に染まっていたが、それも次第に翳《かげ》りの色を濃くし、筋《すじ》違御門《かいごもん》前の八ツ小路に入った頃には、闇が濃くなっていた。

大野勇次郎の住まいは、湯島切通町《ゆしまきりとおしちょう》にあった。権左も家に何度か呼ばれたことがあり、勇次郎の女の酌を受けている。

神田明神下の通りを急ぎ足で過ぎ、湯島天神の門前町を脇目もふらず歩いた。勇次郎の住んでいる長屋の近くに着いたときは、すっかり夜の闇が濃くなっていた。

「おれはここで待っている。やつを呼んでこい。いいか、なるべく人に知られねえように、うまくやれ」

「へい」

長兵衛が駆け去っていくと、権左は目の前の居酒屋に入って、一合の酒をあおった。怒りを鎮め、自分を落ち着かせ、また勇を鼓すためでもあった。勇次郎は半端な腕ではない。下手をすれば、逆に斬《き》られるかもしれない。だが、放っておくわけにはいかない。

窓の外で虫の声がさかんにしていた。

まだかと、表に目を向けた権左の片頬が、燭台の炎に朱く染められていた。その目は狂気じみた獣のようだった。

長兵衛が戻ってくるのに小半刻ほどかかった。

その間に、権左は酒二合を飲んでいたが酔ってはいない。

「近くの店で飲んでいるって聞いて、捜すのに手間食っちまいました」

前に座るなり長兵衛は、そういった。

「来るのか？」

「へえ、じき来ます」

「それじゃ、おめえはこの店の前で待て。おれは、天神様で待っている。境内の南に竹林がある。そこまで連れてくるんだ」

「あやしまれますよ」

「つべこべいわずにいう通りにすりゃいい」

居酒屋を出た権左は、そのまま湯島天神の境内に入った。町屋と違い明かりも何もない闇だ。権左は夜目を利かすために、しばらく境内の闇を見つめた。星明かりの手伝いもあり、徐々にものの形が見えるようになった。それから竹林のそばに行くと、塔頭《たっちゅう》の陰に身をひそめた。

二つの足音が聞こえてきたのはすぐだ。竹林が風に騒いで、どこかで梟《ふくろう》が鳴いた。

「内密な話とは……こんなところに呼び出しやがって……」

権左は愚痴をいいながら歩いてくる勇次郎の姿を認めた。その後ろに長兵衛の影がある。他に人の気配はなかった。

権左は塔頭の陰から、ゆっくり勇次郎の前に歩み出た。

「なんだ、こんな色気のないところに呼び出しやがって」

「……………」

「内密な話ってのはさっき聞いた例のことだろう。おれを口説こうとしても無駄だ。あんな話には乗れねえ。悪いことはいわねえ、頭を冷やして酒でも飲んで寝ることだ」

「ほざけ」

権左が低くうなるようにいうと、勇次郎の顔がこわばった。星明かりがあるので、夜目にもその白い顔の表情は見分けられた。

「おれの一生に一度の頼みを断りやがったな」

権左は鯉口《こいぐち》を切った。

「なんだ、おめえ……。断られたから、おれを斬るとでもぬかすか」

「秘密を打ち明けちまったからな。だが、もう一度聞く。……一緒にやらねえか」

「……断る」

その瞬間、権左は抜き打ちの一撃を見舞った。勇次郎は半身を反らしながら後退するなり、刀を抜いて構えた。

「狂いやがったか」

「うるせえ！」

吼《ほ》えるようにわめいた権左は、鋭い突きを放ち、かわされたと思うや、返す刀で勇次郎の刀を弾いた。

ちーん。鋼の撃ち合わさる音が響き、火花が散った。

二人は二間の間を取って向かい合い、じりじりと詰めはじめた。権左は雪駄《せった》を後ろに跳ね飛ばすように脱いだ。

藪のなかで虫がすだいている。夜蟬の声もする。

「いつかこんなことになると思っていたが、こんな早くになるとはな……」

勇次郎が青眼のまま詰めてきた。権左は言葉を発しなかった。ただ、ひたすら相手の隙《すき》を窺《うかが》うだけだ。額からつたい落ちる汗が、耳の脇を流れていく感触があった。

そのとき、勇次郎が刀を上段に振りあげ、利き足を飛ばして撃ちかかってきた。袴《はかま》の裾《すそ》が風をはらんでふくらんだ。

権左は着流しの裾を大きく割って、右に体を動かすと同時に逆袈裟《ぎゃくげさ》に刀を振り上げた。

「うぐっ」

どすっと、肉を叩く音のあとで、勇次郎の口からうめきが漏れた。権左は間髪を入れず、振り上げた刀を、勇次郎の後ろ首に叩きつけた。

血飛沫《ちしぶき》が黒い筋となって飛び散り、勇次郎はゆっくり大地に倒れた。

権左ははあはあと、息を喘《あえ》がせ、肩で息をした。

「ざまねえ野郎だ」

吐き捨てると、血の付いた刀を勇次郎の袴でしっかりぬぐい取って鞘《さや》に収めた。

「誰にも見られなかったな？」

勇次郎はそばにいる長兵衛に聞いた。

「だ、大丈夫です」

半刻後、権左は長兵衛と共に泉屋に戻った。客間に入ると、庄助と女の姿があった。

「小桜《こざくら》……」

権左は女の名を呼んで、じっと見つめた。小桜も見返してくる。小柄ながら凝脂みなぎる肢体を持つ女だった。無表情だった小桜の顔に、嬉《うれ》しそうな笑みが浮かんだ。

その白い頬が行灯《あんどん》に染められている。

　権左は長兵衛と庄助を見た。

「席を外せ。今夜はこの部屋に来るんじゃねえ」

そういうと、二人は肩をすくめて部屋を出ていった。

「どこに行ってやがった？」

　権左はしゃがみ込んで小桜の肩に手を置いた。

「どこも何もないじゃないのさ。ちょいと出稼ぎに行ってくると、いっておいたじゃ
ないか」

　その話はたしかに聞いていた。小桜は掏摸《すり》である。

「それで、どこに行っていた？」

「日光まで足を延ばしてきただけよ。ちったァ、向こうが涼しいかと思ったけど、当
てが外れちまった。夏はどこへ行っても同じだね」

「帰りが遅いから、庄助に捜してもらっていたんだ。何かあったんじゃねえかと心配
になってな」

「まあまあ、あんたらしくもない。だけど、嬉しいよ」

小桜はそういって、肉厚の唇を寄せてきた。権左はそれに激しく応えた。

応えながら、小桜の帯を解き、着物を脱がせた。汗ばんだ襦袢《じゅばん》を脱がせると、見事な肢体が目の前に現れた。

人を殺したばかりの権左の心は荒れていた。そんな夜に、小桜に会えたのはよかった。

「おめえがほしい。おめえがほしかったんだ」

権左は子供のようになって、小桜の張りのある乳房に顔を埋めた。

「ああ、あんた。あたいも、あんたがほしかったんだよ」

小桜も応えてくれる。

「おめえに話があるんだ。大事な話だ」

「なんだい？」

「ケチな掏摸なんかやめちまって、おれについてきな。今にたまげるような金をこさえてやるから」

「あれれ、そんな稼ぎをどうやってやるというのさ」

「……あとでじっくり教えてやる。それより、今はおめえがほしいんだ」

権左は諸肌脱ぎになって、凝脂みなぎる肉体にむしゃぶりついた。

小桜がくびれ腰をよじって喘ぎだした。

その夜、音次郎が帰宅したのは五つ半（午後九時）近い時刻だった。遅くなったのはもう一度、喜左衛門一家に恨みを抱くものがいないか、調べを進めてみたからであった。

七

その結果、疑わしき男が新たに浮上した。

安蔵《やすぞう》という婿《むこ》養子房次の弟だった。安蔵は兄の婿入り先である喜左衛門宅に招待されたことがなく、また実の兄である房次を恨んでいたという。また喜左衛門一家を快く思っておらず、ときに火をつけてやろうかと物騒なことを口にしていたらしい。

「あれは自分が部屋住みだというのを僻《ひが》んでおるのですよ」

そういう村のものがいた。

部屋住みとは一般には武家でいわれることである。武士の家では長男が家督を相続し、二男三男はそれが叶《かな》わない。よって婿に入るか、何か得意とするもので身を立てるまでは半人前とされていた。

百姓の家にもその部屋住みに似た悪弊がある。それが口減らしだ。もっとも安蔵は口減らしをされているわけではないが、噂を聞くかぎり素行不良であった。

　音次郎はその安蔵に会うために、一日をつぶしていたのだった。あちこち歩きまわってやっと会えたのは、日の暮れたあとだった。それも、千住《せんじゅ》に近い橋場《はしば》町であった。町で知り合ったという女の家に入り浸っていたのだ。

　会えたのはよかったが、すっかり徒労《とろう》であった。面と向かって本人と話をすると、まったくの見当違いだということがわかった。安蔵は拗《す》ね者ではあるが、人を殺せるような男でもなく、また事件の起きた頃、江戸にいなかったことが判明したのだ。なんと懇《ねんご》ろになった女と、上州の湯治場《とうじば》で遊んでいたのだった。

「いやはや、今日はとんだ骨折りだった」

　居間に上がった音次郎が、めずらしく愚痴をこぼすのも無理はなかった。土埃《つちぼこり》と汗にまみれた着物を脱ぎ捨てるそばから、きぬが片づけてゆく。そのきぬが、

「旦那さん、着替えをされたらお話があります」

　と、何やら浮かぬ顔でいう。

「何かあったか……？　それより腹が減った。あるものでいいから出してくれ」

「支度はすぐに出来ます。それじゃ御酒をあがりながら聞いてください」

要領を得ないが、音次郎は楽な浴衣に着替えて、居間に腰を据えた。きぬはてきぱきと酒を出し、膳拵《ぜんごしら》えをすませると、音次郎の前に座った。

膳部には赤貝の煮付けと衣《きぬ》かつぎ、そして香《こう》の物が載っていた。

「それで話とはなんだ？」

酒を飲み、人心地ついてから口を開いた。

「こんなものをある人から預かりました」

きぬは一枚の紙を差し出した。

受け取った音次郎は、にわかに眉間《みけん》にしわを寄せた。なんと自分の人相書きだったからである。

「これをどこで？」

「前にも話したことがありますけれど、四ツ目之橋のそばで今日も浜西晋一郎という子に声をかけられたんです」

きぬは声をかけられてからのことを詳しく話した。

「まさか、この家まで尾《つ》けられはしなかっただろうな」

「そんなこともあるかもしれないと思い、用心しましたから……」

「そうか、吉左衛門《きちざえもん》の倅《せがれ》が……」

つぶやくようにいった音次郎は、浜西晋一郎の顔を脳裏に浮かべた。幼い頃のあどけない顔はぼんやり覚えているが、今はかなり成長しているはずだ。数えで十四か十五になるのではなかろうか。

自分の妻子を殺したのは吉左衛門だと、すっかり思い込んだ自分が、吉左衛門の家に乗り込んでいったときのことは、今でも生々しく思い出せるが、なぜか倅の晋一郎があの場にいたかどうかはよくわからなかった。

あのとき自分の憎悪はただひたすら吉左衛門に向けられていたから、他のことは眼中に入らなかったのだろう。

「あの子は簡単にあきらめるとは思えません。もし、ここを嗅《か》ぎつけられ旦那さんが見つかったら、どうされます？　なんと申し開きをされます？」

きぬは泣きそうな顔になっていた。

「……ふむ。困ったものだ。だが、もしそんなことになったらどうすべきだろうな」

音次郎も急に気が重くなった。

きぬがいうように、晋一郎に見つけられたら何とすべきか……。あの一件は明らかに自分の過失であり、どんなに咎《とが》められてもいい訳はできない。されば、黙って討たれるのが武士というものだろう。そのときのために腹をくっておくか……。

音次郎は酒を舐めるように飲んだが、その味はいつになく苦く感じられた。

「明日より、表に出る際は、これまでに増して気をつけるようにいたそう。きぬ、おまえもなるべく晋一郎に見つからないように気を配ってくれ」

「この家を越すことはできないでしょうか……」

「ふむ、それもあるが……」

「一度、吉蔵さんに相談されてみたらいかがでしょう」

「……そうだな」

「だって、わたしたちは世間に知られてはならない人間ではありませんか」

きぬはすがるような視線を向けてくる。

「……たしかにそうである」

音次郎がそう応じたとき、戸口で訪いの声がした。

二人は、はっとなって、戸口に目を向けた。

まさか、今話していた晋一郎ではないかと思ったが、訪ねてきたのは吉蔵だった。

音次郎は胸をなで下ろすように、息を吐き、

「いかがした、こんな時分に？」

と、聞きはしたが、何か重要なことがわかったのだと思った。

「早速耳に入れておきたいことがありますので、やってまいりました」

吉蔵が土間に入ってきた。

「権左のことだな」

「はい、やつの居所をつかみました。明日の朝から早速動いてもらいます」

音次郎の目が、かっと見開かれた。

第四章　密談

一

権左が住んでいたのは、浅草花川戸町にある小田屋という小さな油屋の二階だった。

この店は、花川戸界隈《かいわい》を仕切っている高滝の友蔵一家の子分の店だった。

「権左は長い間、友蔵一家の食客になっておりました。その流れで、この店に腰を据えたようです」

音次郎は隣で説明する吉蔵の話に耳を傾けながら、目の前の小田屋を眺めていた。

朝は早いがすでに店の暖簾《のれん》は出ていた。

「今もいるだろうか？」

「昨夜は留守でした」

「ともかく訪ねてみよう」

音次郎は深編笠《ふかあみがさ》を脱ぐと、小田屋の暖簾をくぐった。すぐに「いらっしゃいませ」という声が飛んできた。帳場にいたのは、頭髪の薄くなった四十半ばの男だった。奥に女房らしい女の影が見えた。

「主《あるじ》か？」

「へえ、さようです。いかほどお持ちになりますか？」

主は油樽《あぶらだる》を見ながらいう。樽は三つあった。菜種油二樽に魚油が一樽。その他にもいくつかの壺《つぼ》が並んでいる。

「ここに権左という男がいると聞いたのだが、いるか？」

樽を見ていた主の顔が、音次郎に振り向けられた。その目に警戒の色が浮かんだ。

「……権左に、どんな御用で？」

「いるのか？」

音次郎は再度訊《たず》ねた。主の顔にあった愛想笑いが、すうっと引っ込み、にわかに博徒の目つきに変わった。

「お客さんは、権左の知り合いですか？」

「会って聞きたいことがあるだけだ。いるなら呼んでくれないか」

主は表で待っている吉蔵にも目を向けた。

「……あいにく留守です。四、五日前に出て行ったきりですよ」

「部屋を見せてくれるか」

「お客さん、さっきからずいぶん高飛車なものいいをするが、一体なんだってんだ」

音次郎は主をじっと見返すと、懐《ふところ》から手札を出して、すぐに引っ込めた。何の手札かわからなかったはずだが、主は息を呑《の》んだ。

「お役人さんで……」

音次郎がそうだというようにうなずくと、勝手に見てくれと階段口を指した。

二階に上がったすぐの部屋が、権左が寝起きしていた四畳半だった。衣紋《えもん》掛《か》けに袷《あわせ》が掛かっているぐらいで、とくに気になるようなものはない。畳には煙草盆と、その横に団扇《うちわ》があるだけだ。窓の向こうに朝日を照り返す大川の流れがあった。

音次郎はざっと見ただけで、すぐに階下に戻った。

「やつが何かしでかしましたか？」

階段口で待っていた主が、前掛けを揉《も》みながら聞いてきた。

「話がしたいだけだ。どこへ行ったか知らないか？」

「さあ、長兵衛と出て行ったきりです。一昨日、庄助がやってきて、すぐどこかへ行っちまいましたが……二人のことはご存知で？」

　権左の子分のことは、すでに吉蔵から聞いていた。

　音次郎は「うむ」と、うなずいてから言葉を継いだ。

「誰か権左の行く先を知っているものはいないだろうか？」

「そんなこといわれても、あっしはやつがどこで何をやっているか、まったく聞いておりませんので……」

「わからぬか？」

「お役に立てませんで……」

　博徒の一面を見せた主は、再び商人の顔に戻っていた。

　表に出た音次郎は、深編笠を被りながら吉蔵に聞いた。

「四、五日戻っていないというが、他にあてはあるか？」

「権左に腰巾着《こしぎんちゃく》のようについているのは、庄助と長兵衛だといいます。他に仲間もいるんでしょうが、その辺のことはわかっておりませんで……ただ、小桜という気になる女がいます。権左の女のようですが……」

「その女は？」

「住まいはわかっております。行ってみましょう」

小桜は岡場所の女郎から掏摸《すり》に商売替えをした女だという。それに岡場所から足を洗ったのは、権左の引き抜きがあったかららしい。

待乳山《まっちやま》に近い聖天《しょうでん》町にある小桜の長屋までほどなかったが、こちらも留守であった。

「一月ほど家を空けておりましてね」

そういうのは木戸の番太郎だった。

「それじゃずっと帰ってきていないというわけか……」

「いえ、それが二日前でしたか、ふらっと帰ってきたんです。ところが、すぐに男とどこかへ出て行きまして、それきりです」

「男というのは？」

音次郎は権左ではないかと思ったが、話を聞くとそうではないようだ。

「目玉が大きかったのなら、おそらく庄助という男でしょう」

小桜の長屋を出て吉蔵がいった。

「権左の帰りを張り込むか？」

音次郎は大きな入道雲を眺めながらいった。

「旦那《だんな》、もうひとり会ってみたい男がいます」

「…………」

「権左とつるんで用心棒をやっていた男がいるんです」

「名は？」

「大野勇次郎という剣客です」

二

行徳河岸《がし》で雇った船頭は彦作《ひこさく》という男で、背が高く胸板の厚い逞《たくま》しい体をしていた。それになかなかの男前である。

「小桜、目移りするんじゃねえぜ」

権左はさっきから彦作を盗み見している小桜に釘《くぎ》を刺した。

「なんだい、焼き餅《もち》焼いてるのかい？」

「馬鹿いえ」

権左はそっぽを向くように、視線を沖のほうに転じた。

権左らは今舟の上にいる。俗に〝猟舟《りょうぶね》〟と呼ばれる漁師舟である。品川まで猪牙《ちょき》で行くのは、とても無理だと彦作がいうので、舟を乗り換えたのである。もっとも船宿に猟舟はなかったので、彦作のつてで漁師から借り受けたのだった。

一枚帆を張った舟は、波飛沫《なみしぶき》を散らしていた。長兵衛と庄助は、舟縁《ふなべり》をしっかりつかんで落とされないようにしている。相も変わらずのかんかん照りの日だが、波を切って走る舟の上は涼しかった。もっとも、脳天が焦げるほど熱くなるので、誰もが頭に手拭《てぬぐ》いを載せたり、頬被《ほおかぶ》りをしていた。

権左が狙《ねら》う廻船が品川沖に到着したという知らせが入ったのは、今朝のことだった。それで早速見に行こうということになったのだ。

目当ての船が一体どれだけ大きいのか、下見をするのは大事なことだった。まわりの海には荷舟や、帆を張った漁師舟があった。また、佃《つくだ》島の沖合には、二隻の廻船が浮かんでいた。二隻とも同じぐらいの大きさだった。

「あれで何石積みか、わかるか？」

権左は艫《とも》で舵《かじ》を取る彦作に聞いた。

「……二百五十か三百石ってとこでしょう」

二隻の廻船は帆を下ろし、波にまかせてゆっくりと揺れていた。

船上で水夫《かこ》たちが動いているのが見える。船腹に太縄で編んだ網が垂らしてあり、その下に小さな艀《はしけ》が数艘《そう》浮かんでいた。船の荷を移し替えているのだ。

権左は自分が狙っている船を頭に思い浮かべた。五百石積みだというから、近くにある船よりさらに大きいのだ。何だか妙な興奮を覚え、胸がざわついた。

「庄助、例の船は品川から佃島沖にやってくるんだな」

「へえ、今日の夕方か明日には移るって話です」

品川に下ろす荷があるから、そんな予定になっているらしい。

権左は考えた。襲うとすればどこがいいか？　佃島沖でもいいのではないか……。

待て、江戸に近すぎるのはよくないかもしれない。すると、品川の沖合ということか。もし、その船を逃したら追いかけなければならない。

「船頭……」

権左は舟を操る彦作を振り返った。

「この舟は樽廻船や菱垣廻船より速いのかい？」

「さあ、小さい分速いと思いますが、風に乗ったらどうかわかりません。競ったことはないんで……」

「それじゃ品川から先の海に行くことはできるか？」

「この舟でってことですか？」

「まあ、喩《たと》え話なんだがな……」

「そりゃ無理です」

彦作は手拭いで首のあたりを拭《ふ》きながら答えた。

「無理……」

「客を乗せた舟は品川までしか行けないんです。その先は御法度《ごはっと》ですから……」

「そうなのか……」

江戸からの海上航路は、品川宿の八ツ山下の船着場までである。禁を破れば厳罰が待っていた。ただし、唯一許されている貨客船があった。

それは江戸と上総《かずさ》を結ぶ木更津船《きさらづぶね》と呼ばれる渡廻船だった。つまり、江戸期の人間の移動は、原則的に陸路でなければならなかったのだ。

権左は襲うなら、佃島沖か品川沖のどちらかだろうと考えた。しかし、そうなると度々襲うことはできない。多くても三度までだろう。

しかし、三度で五千両を稼ぐことができるか……。

権左は日の光にきらめく真っ青な海原を眺めた。海は穏やかだったが、舟が岸から遠くなると、波が大きくうねった。落とされる心配はないだろうが、舟に乗り慣れていない権左は、知らないうちに手のひらに汗をかいていた。

長兵衛と庄助もいつになく口数が少なく、舟縁にしがみついたままだ。ただ、小桜だけが平気な顔をしている。水をすくってみたり、海面下の魚を見てはしゃいでいた。

　やがて舟は品川沖に到着した。どれだと、探すまでもなく周囲の舟に比べ、ひときわ大きな菱垣廻船が浮かんでいた。

「あれはずいぶん大きいですね」

　彦作が驚いた声を発して言葉を足した。

「千石船じゃねえかな……」

「千石船……」

　権左は彦作と船を交互に見た。それから庄助の肩をつかんで聞いた。

「おい、千石らしいぞ。五百石は間違いじゃねえのか」

「それじゃ船が代わったんでしょう。でも千石船ですか……」

　庄助も目を丸くして、二町ほど先に浮かぶ船を眺めた。船の帆は下ろしてあるが、中央にある檣《ほばしら》（帆柱）の高さは、海面からだと二十間以上はありそうだ。船の上で海鳥がさかんに鳴き声を上げながら舞い交っていた。

　艫と舳先《へさき》には船名と廻船問屋の名を書いた幟《のぼり》が風にはためいているが、字を読むことはできなかった。実際その船は、長さ八十尺（約二十四メートル）、幅二十四尺（約七・三メートル）ほどあった。

「何人ぐらい乗っているんだ？」

権左のつぶやきとも取れる言葉に、

「廻船のことはよくわかりませんが、多くても二十人ぐらいでしょうか……」

と、彦作が教えてくれた。

権左は想像していた以上に、船が大きく立派だったので、しばらく見惚《みほ》れてしまった。

「大きいわねえ。あれがそうなんだ……」

小桜がため息を漏らすようにいった。

権左も心を震わせていた。おれのやることにお似合いの船だ。これだったら文句なしだ。やってやるぞ、何がなんでもやってやる。

目に力を入れた権左は、何度も胸の内でつぶやいた。

「よし、船頭。舟を返してくれ」

「へえ」

彦作が櫓《ろ》を操って、舟の舳先をまわしはじめた。

三

小半刻《こはんとき》後、権左らを乗せた猟舟は、ゆっくりと鉄炮洲《てっぽうず》の海岸に近づいていった。ちょうど佃島の対岸である。やがて猟舟は舟底でざあっと砂をすって、浜に乗り上げた。舟から降りた権左は、ほっと安堵《あんど》の吐息をついた。やはり地に足がついていないと、安心できないものがある。

「彦作、待ってくれ」

権左は船宿の舟を取りに行こうとした彦作を呼び止めた。

「ちょいと話があるんだ。そこの茶店で一服しようじゃねえか」

船賃の他に酒手を弾んでおいたので、彦作は二つ返事で了解した。

権左らは浜を上がって、船松《ふなまつ》町の茶店に入った。小桜と庄助らに席を外させた権左は、彦作と二人だけになって向かい合った。

「何でしょう？」

「おめえさんの腕が気に入った」

「へえ、そりゃどうも……」

彦作は照れ笑いを浮かべ、冷や水を飲んだ。権左はその顔をじっと眺めた。

店の風鈴が海風に鳴っている。表では鳶《とび》の声もしている。裏庭からは蟬《せみ》の声だ。

「おめえ一儲《ひともう》けしようと思わねえか」

「へっ……」

彦作は赤銅色に焼けた顔を上げた。

「銭儲けだ。おれと組んでくれりゃ、一晩に十両、いや場合によっちゃもっと弾んでもいい。その気があるなら、おれはおめえの面倒を見るぜ」

「一晩に、じ、十両ですか……」

彦作は目をぱちくりさせた。彦作の一年分の稼ぎと変わらないからだ。

「それでどんな仕事をするんです？　まさか盗人をやるなんていわないでくださいよ」

「……おめえはあくまでも船頭だ。ただ舟を漕《こ》いでくれりゃいい」

「それだけで十両ですか？」

「……どうだ。やってみる気はねえか？」

権左は彦作から目を離さなかった。彦作は躊躇《ためら》っているようだった。もっともなことだ。権左はひと目で堅気でないとわかる身なりだし、小桜だって蓮《はす》っ葉《ぱ》な女だ。それに長兵衛も庄助も、遊び人風情である。

「お縄にかかるようなことじゃないでしょうね」

「その心配はいらねえ。……ま、一晩考えてもいいさ。その気になったら、おれの宿に訪ねて来な。北新堀町に泉屋って旅籠《はたご》がある。おれはそこにいる」

「泉屋だったらよく知ってます」

「なら話は早い。返事は今夜でも明日の朝でもいい」

「わかりました」

「……待ってるぜ」

彦作がぺこぺこ頭を下げて出ていくと、権左は小桜たちのいる縁台に移った。

「やつを雇うんですか？」

あんみつをすすりながら長兵衛が聞いた。

「やつの腕が気に入った。それに腕っ節もありそうじゃねえか」

「今日はつくづく思いましたが、兄貴、船頭はどうしても雇わなきゃなりませんよ。おれたちに舟を操るのは難しいってのが、よくわかりました。やってくる船の水主《かこ》に紛れ込むこともできるかもしれませんが……」

庄助はおっ広げた胸もとに、団扇《うちわ》の風をさかんに送り込みながら、大きな目をきょろきょろさせた。

「水主に紛れ込めるかどうか、それも調べなきゃなるめえ。それより、さっき見た船がそうなのかどうか、それをたしかめるのが先じゃねえか」

「いや、あの船に間違いないですよ。おれはこの目でしっかり、三國丸と書かれた幟を見ました。あれに違いねえです。荒木屋の与兵衛《よへえ》もやってくるのは三國丸といっていましたからね」

与兵衛というのは、庄助が酒と女で取り込んだ荒木屋の手代である。

「ちゃんと見たんだな」

「この目に狂いはありません」

庄助は自信たっぷりだった。

「あんなに大きな船なんだから、金もたんまり積み込んであるに決まってるよ」

権左は「シッ」と、小桜の声を遮った。

「声がでけえ。滅多なことをいうんじゃねえ」

厳しくにらんでやると、小桜は拗《す》ねたように唇をとがらせた。権左は店の女たちを見た。さいわい、女将らしき女と二人の若い茶汲《ちゃく》み女は、団扇をあおぎながら世間話に笑い興じていた。

「……ともかく船にいくらの金が積み込まれるかが肝腎《かんじん》なところだ。庄助は一千両だというが、それより少ないかもしれねえし、また多いかもしれねえ。仮に千両だとすると、目当ての五千両まで、五回は船を襲わなきゃならねえ」

「五回も……」

小桜が目を丸くした。他の二人も驚き顔だ。

「ああそうさ。だがな、五回も同じ手口で船を襲うのは無理だ。せいぜい三回がいいところだろう」

「襲ったあと騒ぎにならないようにすりゃいいじゃないのさ」

「うまくやるつもりだが、これぱかりはやってみなきゃわからねえからな」

「……ともかく船にいくら積み込まれるか、それが気になりますね」

長兵衛がいつになく真面目くさった顔でいう。

「船は明日、この沖合の海に浮かぶ」

権左は表に目を向けた。他のものも釣られたようにそっちを見た。葦簀《よしず》の向こうに陽光を弾く銀鱗《ぎんりん》の海が広がっている。左手には佃島が見えていた。

「船はすぐに出ない。そうだな」

権左はたしかめるように庄助を見る。

「へえ、荷を下ろしたら、今度は大坂へ運ぶ荷を積むといいます。少なくとも五日はかかるとか……」

「船乗りはどうするんだ？　陸に上がるのか？」

「当然上がってくるでしょう」

権左は唇を舐《な》めて、しばらく考えた。

「庄助、その辺のことも聞き出すんだ。船に何人乗っているか、用心棒がいるかどうかもな。船乗りが陸に上がってきたら、そいつらからも話を聞き出そう」

「だったらあたいが一役買うよ。どうせ、船乗りは女漁りをするに決まってる。ちょいと色目使ってたらし込んでやるよ」

小桜は婀娜《あだ》っぽい笑みを浮かべて、言葉を足した。

「それにしても、何だかぞくぞくするじゃないのさ。あんなに大きな船なんだもの」

「ああ、おれもあの船を見たときは武者震いがしたよ」

長兵衛は実際、ぶるっと肩を揺すった。

「よし、狙う船はこの目で見たし、あとは気を張ってやるだけだ」

語気を強め膝《ひざ》を叩《たた》いた権左も、心を打ち震わせていた。

四

そこは湯島天神からほどない、池之端仲町《いけのはたなかちょう》の蕎麦屋《そばや》だった。

「それで下手人のことは……」

音次郎は静かに蕎麦猪口《ちょこ》を置いて、口をぬぐった。

「まだわかっておりません。ですが、町方の調べでは昨夜、大野が長兵衛に似た男と歩いているのを見たというものがいるようです」

「それじゃ下手人は……」

「権左かもしれません。そうだという証は何もありませんが、町方の旦那衆も権左に目をつけはじめています」

「そうか……」

音次郎は扇子をあおいで、翳《かげ》りはじめた表に目を向けた。

夏草の生えた土手の先に不忍池《しのばずのいけ》が広がっている。岸辺近くには蓮が浮かんでおり、ときどき水面で魚が跳ねていた。

権左と組んで用心棒をしていた大野勇次郎の死体が発見されたのは、今朝方のことだった。場所は湯島天神の境内である。身許が割れたのは昼過ぎのことで、音次郎と吉蔵が事件を知ったのはそのあとだった。

「ともかく権左の行方をつかまなければならぬ。何か手立てはないのか？」

音次郎は吉蔵に顔を向け直した。

「……高滝の友蔵一家をあたるしかないでしょう。やつと通じているものがいるかもしれません」

「油屋のほうはどうする？」

「もう一度行ってみましょうか？」

蕎麦屋を出たのはそれからすぐのことだ。

近くで殺しがあったにしては、夏の夕暮れはのんびりしている。不忍池の畔《ほとり》では赤とんぼが舞い、上野寛永寺の杜《もり》から蟬の声が湧《わ》いている。

花川戸の油屋に着いた頃には、日が大きく傾き、空はきれいな夕焼けになっていた。

「まだ帰ってくる様子はないか？」

油屋の主に聞いたが、首を横に振るだけだった。

音次郎は視線をめぐらしてから、主に顔を戻した。

「権左と親しくしていたものを挙げるとするなら誰だろうか？」

「一家の中でってことでしょうか?」

「……そうでなくてもいい」

框《かまち》に腰をおろしている主は、腰手拭いで口のあたりを拭いて、しばらく考えた。

「長兵衛と庄助はご存知のようですから、他のものだとすれば、用心棒の大野勇次郎って浪人でしょうか……」

「そやつは昨夜殺されている」

「へっ」

びっくりしたように主が顔を上げた。

「今朝、湯島天神の境内で死体で見つかったのだ。町方が調べをはじめている」

「あの用心棒が……いったい誰に……?」

「それはわからぬ。だが、町方は権左に疑いをかけているようだ。おっつけここにも聞き込みがあるやもしれぬ。ともかく、権左の行方を知っているものはいないだろうか?」

音次郎は主の目をのぞき込むように見た。

「ひょっとすると……」

主が何かを思い出した顔になった。

「ひょっとすると何だ？」

「……知っているかどうかわかりませんが、奥山の一画を仕切る井深の荘吉《そうきち》という香具師《やし》がおります。権左は今年の春まで荘吉さんの用心棒をやっておりましたから、何か知っているかもしれません」

「井深の荘吉だな」

「へえ」

吉蔵を振り返ると、井深の荘吉なら知っていると、くぐもった声でいった。こういった裏の世界のことに吉蔵は長《た》けている。

「荘吉をあたったあとで、友蔵一家を訪ねてみるか」

音次郎と吉蔵は小田屋をあとにした。

日がようようと翳るのに合わせ、ひぐらしの声が高くなっていた。

井深の荘吉の家は、浅草田町の静かなところにあった。家の西側一帯は畑地で、日没の光が桑の葉に照り映えていた。

「権左を……」

荘吉は張った鰓《えら》を煙管《きせる》の先でつつきながら、音次郎をにらむように見てつづけた。

「あの男を捜してどうなさる？」

「会って話がしたいだけだ。ここ四、五日ねぐらに帰っていないので、どこに行ったか捜しているのだが、いっこうに行方がつかめぬ」

「会って何の話をされる。あの男には関わらぬほうが利口というもんだ」

「亀戸村の名主一家が殺されるという事件があった。ひょっとすると権左が下手人かもしれぬのだ」

「なに……するってえと、旦那はお役人さんで……」

荘吉は威儀を正すように背筋を伸ばした。

「まあ、そんなところだ」

「こりゃ失礼しました。ですが、あっしにはやつの行き先なんぞ、まったく見当もつきません。知っているとすりゃ……」

荘吉はぐるりと首をめぐらして、隣の間に控えている男に、

「弁蔵《べんぞう》を呼んできてくれ。家にいなきゃ、近くの飲み屋だろう」

と、指図をした。

「おっつけ弁蔵って野郎が来ます。うちで権左に用心棒をやってもらっていたときに、いろいろと面倒見させた男なので、何か聞いてるかもしれません」

弁蔵がやってくるまで、音次郎は権左がどんな男なのかを訊ねた。荘吉がいうには、

権左はなかなか思慮深く、普段は控えめでおとなしい男だという。だが、些細《ささい》なことで頭に血を上らせる短気な面を持ち合わせており、そうなったら歯止めが利かないらしい。

そんな話を聞いているうちに、弁蔵がやってきた。楽な浴衣姿で、顔を酒で真っ赤にしていた。荘吉に紹介を受けて、音次郎は権左の行方を訊ねた。

「あの人の行き先ですか？　そりゃ、あっしに聞かれてもわかりませんで。会ったのは梅雨の頃でしたから、もう三月は会っておりません」

「誰か知っていそうなものはいないだろうか？」

「伊勢吉《いせきち》なら何かわかるかもしれません」

「伊勢吉……」

「へえ、権左さんが贔屓《ひいき》にしている飲み屋です。毎日のようにその店に通っていたんで、店の親爺か仲居が何か聞いてるかもしれません」

音次郎は伊勢吉の場所を聞いてから荘吉の家を出た。

足を棒にしての聞き込みは無駄ではなかった。

「霊岸島のほうへ……？」

「へえ、庄助さんと長兵衛さんをそばに呼んで、そんな話をしているのを耳にしたんです」

伊勢吉の仲居は目をしばたたきながらいう。

「霊岸島のどこだか聞いていないか？」

「さあ、そこまでは……皿を下げに行ったとき、ちらっと耳にしただけですから」

「それはいつのことだ？」

「……十日もたっていないと思いますが……」

音次郎は吉蔵を振り返った。

「吉蔵、明日は霊岸島だ」

五

北新堀町の泉屋の二階に集まったみんなは、権左を中心に車座になって酒を飲みながら、庄助が聞いてきた話に耳を傾けていた。

「やはり、船は三國丸で間違いないです。船は明日の朝には佃島の沖にやってきて、すぐに荷揚げがはじまるといいます。出て行くのは三日後です」

「予定より早いじゃねえか」

権左が遮っていった。

「遅れたのでその分急ぐらしいんです。ですが、天気が崩れりゃ延びることもあるそうで……それで船には船主《ふなぬし》を入れて十六人が乗っているってことです」

「用心棒は？」

「兄貴がいうようにちゃんとおりました」

「強いのか？」

「さあ、用心棒ってぐらいですからそれなりの腕はあるでしょう。それからここが肝腎なところです。荒木屋の手代与兵衛が申すには、船には少なくとも八百両の売り上げが積まれるんじゃねえかってことです。なんせ、年に四、五回しか往復しないから、どんなに少なく見積もってもそれぐらいにはなるはずだと……」

「それじゃもっと多いこともあるんだね」

燭台《しょくだい》の明かりを受けた小桜の目はきらきら輝いていた。

「庄助は千五百両を積んで帰った船もあったというからな」

「……千五百両」

つぶやいた権左は、それだったら二回で三千両。当初五千両を作ろうと思っていたが、三千両でも悪くはない。いや、欲をかくと痛い目にあうのが相場だ。予定は変更して三千両でもいいだろうと、頭のなかで算盤《そろばん》を弾いた。

「それで兄貴、仲間はどうするんです？　増やすんですか？」

長兵衛だった。

「そうだな。どうするか……相手は十六人か……ひとりは腕が立つであろう用心棒……ふむ……」

権左は顎《あご》をさすりながら沈思した。他のものはそんな権左をじっと見守り、つぎの言葉を待った。表から三味《しゃみ》の音が聞こえてきた。

「最初が肝腎だ。人が足りなかったせいでしくじりたくはねえ。二人ほど増やそう。長兵衛、そっちの手配を頼む。腕の立つやつに声をかけろ」

「何人か心当たりがあります。そいつらに声をかけることにしましょう」

「すると舟が足りなくないですか？　それに彦作が引き受けてくれるか、まだわからないんです」

庄助だった。

「それも考えているところだ。何かうまい方法がありゃいいが……」

「船が碇《いかり》を降ろしている間に乗り込んじまったらどうなんだい？」

小桜が酒で火照らした顔でいう。

「乗り込むにも舟がいるだろう。違うか？」

小桜は首をすくめた。

そのとき、階段口に足音がした。全員、口をつぐんだ。

「あのお、お客さんがお見えなんですけど……」

宿の女中だった。

「客……誰だ？」

権左は眉宇《びう》をひそめた。

「行徳河岸の船頭さんです」

「やつか……かまわねえ、通してくれ」

女中が一階に下りると、入れ替わるように彦作がやってきた。一同が揃《そろ》っていることに、少し面食らった顔をしたが、権左にうながされて腰をおろした。

「考えてくれたかい？」

権左は煙管に火をつけてから聞いた。紫煙《しえん》は窓から入り込む風に流されてゆく。

「へえ、いろいろ考えましたが、話に乗らせてもらおうと思います」

「そうかい。そりゃ嬉《うれ》しい返事を。ま、ひとつやろうじゃねえか」

権左が徳利を持つと、小桜が盃を彦作に渡した。

「それじゃ遠慮なく」

彦作は一息にあおって、

「それで仕事はいつになるんでしょうか？」

と、聞いた。図体のわりに腰の低い男だ。

「三、四日先だ。舟を出しておれたちの送り迎えをするだけでいい」

「それだけでよろしいんで……」

「ああ、それだけだ。で、人があと二人ばかり増えると思うが、おまえさんと同じように口の堅い船頭はいないか？」

「それなら声をかけてみましょうか」

「信用のおける口の堅いやつだぜ。いっとくが、尻の軽いやつは願い下げだ。それから、このことはかまえて他に漏らしちゃならねえ。何せ大事な仕事だからな。その辺のところをよくわきまえて、約束してくれるかい」

「へえ、そりゃもう……」

「頼んだぜ。いよいよ仕事に取りかかる段になったら、使いをやる。それで、これは酒手だ。一杯引っかけて帰るといい」

権左は気前よく小粒を彦作に渡した。

「こりゃどうも」

袖《そで》のなかに金をねじ込んだ彦作は、他のものにも挨拶《あいさつ》をして部屋を出て行った。

「結局、船頭を雇うってことじゃないさ」

彦作の足音がすっかり消えてから小桜がいった。

「何だ、気に食わねえか？」

「そんなことはないけどさ……」

「だったらいいじゃねえか。これで、舟の支度はできたってことだ。それでいいか？」

長兵衛と庄助に聞いたが、二人とも文句はないと口を揃えた。

「それじゃ、明日は三國丸の船乗りに探りを入れよう。それからこの宿は明日の朝払う」

「どこへ行くんです？」

長兵衛だった。

「鉄炮洲に適当なところがあるだろう。さ、今夜はそんなところだ」

権左のその一言でお開きとなった。

六

「いい虫の声だ」

権左は薄闇《うすやみ》のなかに声を漏らした。

表で鈴虫が鳴いていた。秋の到来を感じさせる声だ。

「そうね。風も気持ちいいし……」

権左の胸に頭を預けたまま小桜もつぶやいた。

枕許《まくらもと》に行灯《あんどん》を点《とも》してあるだけだった。窓辺に置いた蚊遣《かや》りの煙が、その薄い明かりのなかを霧のように流れている。

「……おまえといつまでこうしていられるかな」

権左は小桜のむちむちした尻のあたりをさすりながらいった。二人とも一糸纏《まと》わぬ姿で、布団に横になっているのだ。

「いつまでって、ずっといてくれるんじゃないの」

顔を動かして小桜がいう。権左の目は天井に向けられたままだ。

小桜は自分にとって可愛い女だが、長く一緒にいられないはずだ。権左は、なぜ、そう思うのか自分でもわからなかった。それにこの先長生きできるとも思わないし、またたらだら生きたいとも思わない。

いつからそんな気持ちになったのか……。

おそらく父・木崎又兵衛が死んだあとあたりからだと、心に思う。郷士だった父は、自分に多大な期待を寄せていた。

「権八、おまえは立派な武士になるんだ。父の教えを守っておれば、いずれ立身出世も叶《かな》うであろう。勉学にいそしみ、剣術の稽古《けいこ》を怠るな」

ことあるたびに父はそんなことを口にした。だが、所詮《しょせん》は半農半士。武士だといっても郷士がゆえに禄《ろく》はなく、わずかな田畑を耕し作物を作る毎日だった。武士だ武士だという父はどこか滑稽でもあった。

野良着姿で鍬《くわ》や鋤《すき》を持った男は、どこから見ても百姓でしかなかった。村の行事や祭りの折に、羽織袴《はかま》を着て大小を差したが、それもどこかよれたなりで、まったく様になっていなかった。三十俵一人扶持《ぶち》しかない貧乏御家人にも馬鹿にされる始末だった。

挙げ句、畑のなかでぽっくり死んでしまった。儚《はかな》い人生、みじめな人生だった。そんな父の死を前にしたとき、権左はむなしくて、悔しくてたまらなくなった。郷士の倅《せがれ》だと威張っても、所詮は父の跡を継ぎ百姓をするしかなかった。その現実を知ったとき、何もかもがいやになって家を飛び出した。

あとは若さと有り余る力、そして鬱屈《うっくつ》した負い目が手伝って、喧嘩《けんか》に明け暮れ、酒と女に溺《おぼ》れていった。やりたい放題にやってきた。脂ぎった精力をいろんなところで吐き出すうちに、裏の稼業をやるようになった。自然の成り行きだった。

いつしか度胸と腕っ節の強さを買われ、やくざの食客になっていた。だが、やくざになろうとは思わなかった。ただ、何か大きなことをやろうと足掻《あが》きつづけていた。

そしてようやくその目当てができた。

あの大きな、三國丸という船を見たときは、心が震えた。

あれを襲うのだ。その辺でつまらない喧嘩をするんじゃない。こそ泥をするのでもない。千石船を襲って、大金を作るのだ。ちまちま生きていてもつまらないと思っていたが、今、自分の行く道が見えてきた。

「ねえ、寝ちゃったのかい」

小桜の声で、権左は我に返った。

「……考え事をしていただけだ」

「ねえ、仕事がうまくいったら大金持ちだね」

「まあな」

「山分けしても、大金が残るんだよね。財布を掏《す》ったところで、入っているのはよくて三両か四両だ。それが千両も積んだ船を襲うんだからね。掏摸なんてやってられないわね」

「しけた掏摸仕事と一緒にするんじゃねえよ」

「……まったくだね。あたいはあの船を見たとき、胸がわくわくしてさ、ねえ、今でもこうだよ。さわってごらんよ」

小桜はそういって権左の手を自分の胸に導いた。たしかに、心の臓が高鳴っているようだった。

「あれ一隻で終わりじゃねえんだぞ。もう一隻か二隻は狙わねえと、おれの夢は叶わねえんだ」

「夢……夢ってなんだい？」

小桜はまるでおねだりをする子供のように権左の肩を揺すった。

「吉原だ」

「吉原……」

「ああ、廓《くるわ》を買い取るんだ。二晩三晩……どんな分限者《ぶげんしゃ》にも負けねえ遊びをするのさ」

「吉原を買い取る……ほっほほほ」

小桜は急に笑い出した。

「何がおかしい？」

「だって女郎遊びのためにあの船を襲うなんて……おかしいじゃないのさ」

「うるせえ、おれは大真面目だ。男なら誰でもそんな大きな遊びをしたいと思う。思うが滅多にできるもんじゃねえ。できるやつが世間に何人いると思う？　多分五本の指も折れねえはずだ。おれはそれをやってみてえんだ」

「本気で、そんなことを……」

「大真面目だ」

小桜は大きなため息をついて、

「あんたにはあきれちまうね。だけど、女のあたしにゃわからないのかもしれないね」

と、権左の逸物《いちもつ》をつかんだ。

「夢が叶ったら死んでもいい。おれはそのぐらいの意気込みで、今度の大仕事をやるんだ。……一世一代の大仕事だ」

「あんた」

「なんだ」

小桜が体を動かして、権左の上になった。形のよい乳房が、権左の胸に触れている。きらきらした黒い瞳が権左を見下ろした。

「あんた、面白い人だね。ほんとだよ。馬鹿なのか利口なのかわからないよ。だけど、あたしゃ、そんなあんたが好きだよ」

「…………」

「ねえ、仕事がすんだら船頭はどうするのさ。裏切られたら大変だよ」

「なーに引きずり込んだらこっちのもんだ。金を奪うおれたちの手伝いをするんだ。つまり、同じことをやったってことになる。裏切りゃ、船頭だって無事にはすまされねえ」

「……なるほど」

「だが、仕事がすんだら用なしだ。消えてもらうことにするさ」

権左はふっと、口の端に笑みを浮かべた。

「あんたって人は怖い男だ」

そういった小桜は権左の胸に頬をあてた。

「人質に取ったおきくって女も消しちまったんだろ」

「……おきく」

権左はそうつぶやいてから、あの女だったかと思い出した。喜左衛門一家殺しの濡《ぬ》れ衣《ぎぬ》を着せるために、米助という百姓に目を付けたが、口封じのために人質に取ったのが米助の娘だった。

あの娘、もう少し器量がよけりゃ金になったのに……。器量がよけりゃ死ぬこともなかったのに……。

頭の隅で、おきくの顔を思い出そうとしたが、よく思い出せなかった。ただ、ばっさり斬《き》り捨てたときに自分を見たおきくの目だけは覚えている。喜左衛門にいたぶられ、それを苦にして大川に身投げした妹の朱美の目に似ていると思ったからだ。

だが、それが何だってんだ。米助の死罪は決まっている。もう処刑も終わっているだろう。つまり、おきくのことなどどうでもいいのだ。おきくの死体は三河島《みかわしま》村の山に埋めてあるが、見つかる恐れはないだろう。

「……ふふっ」

権左は遠い目になって短く笑った。

「……どうしたのさ？」

「なんでもねえ」

「ねえ、もう一度抱いておくれ」

権左は小桜を反転させて、今度は自分が上になった。

「たっぷり可愛がってやるさ」

権左の背中の彫り物が、行灯の薄明かりに浮かんでいた。

第五章　見張り

一

権左が霊岸島のほうに行っているらしいという情報をつかんで、三日がたっていた。

その朝は夜半から降りだした雨が、地面を湿らせつづけていた。ひどい降りではないが、江戸の町はしつこい霧のような雨に包まれていた。

「今日もお出かけですね」

「うむ」

音次郎は表を眺めながらきぬに応じた。

ゴーンと、六つ半を知らせる鐘音が、雨を降らせる暗い空を渡っていった。

「茶をもう一杯もらおう。それを飲んだら出かける」

「それじゃすぐに……」

きぬは湯呑《ゆの》みを持って立ち上がったが、

「あの、今夜も遅いのでしょうか？」

と、不安そうな顔を向けてきた。

音次郎は静かにきぬを見返した。今度の役目についてから、早く帰ったことがない。

「おそらく……今夜も飯はいらぬ。先に食べていなさい」

「……わかりました」

肩を落とし、小さく嘆息してきぬは台所に向かった。

音次郎はその後ろ姿を見ると、何ともやるせない気持ちになった。きぬはまだ若い女だ。気丈さを装いはしているが、内心は不安でいっぱいなのかもしれない。家族がいればまだしも、広い屋敷に取り残されたようにたったひとりで、帰ってくるという保証のない音次郎を待つのである。

だが、音次郎は甘えを許すような言葉をかけてやることはできない。

「役目を無事終えたら、うまい夕餉《ゆうげ》を食べさせてくれ」

そういってやるのが、せめてもの慰めであった。

きぬが入れ替えた茶を持ってきた。

家は静かだ。雨のお陰で蟬《せみ》たちも鳴きやんでいる。ときどき林のなかで鳥たちの声がするぐらいだ。

「その後、晋一郎を見ることはないか？」

音次郎は茶に口をつけてからいった。

「気をつけておりますが、あれ以来姿は見ていません」

「あきらめてくれればよいのだがな……」

「もし、見つかったらどうされます？」

きぬが黒い瞳を向けてきた。

「……わからぬ」

「見つかったら逃げるわけにもいかないでしょう」

「そうだな。だからといって……」

「……なんでしょう？　相手は敵《かたき》を討とうと思っているのですよ」

「斬《き》られるわけにはいかぬが、さりとて斬るわけにもまいらぬ」

「それじゃ、どうされるおつもりです？」

「……晋一郎の父親を、おれは間違って斬っている。そのことをわかってもらうしかないのだが……ともかく見つからぬようにするだけだ」

音次郎はきぬの視線を外すように湯呑みを置き、差料《さしりょう》を引き寄せた。

「おでかけになりますか？」

「うむ、吉蔵が待っているからな」

腰を上げて、土間に下りると、きぬが切り火を打ってくれた。今日も無事でありますようにと、耳許でささやくようにつぶやく。

家を出た音次郎は、吉蔵と待ち合わせの霊岸島に向かった。雨は降りつづいている。そのせいで竪川も烟《けむ》っていた。菅笠《すげがさ》に合羽を肩に掛けた船頭の漕《こ》ぐ苫舟《とまぶね》が、ゆっくり東に向かっていった。

音次郎は傘をさしているので、深編笠を背中に垂らしていた。なるべく人に見られないように傘の庇《ひさし》を傾けて歩くが、周囲を警戒するように目を動かしていた。さいわい晋一郎らしい子供の姿は見かけなかった。だが、小名木川に架かる高橋《たかばし》を渡ったあたりで、人の視線を感じた。

音次郎は用心深くあたりに気を配ったが、誰の視線であるかわからなかった。気を張っているので、思い過ごしかもしれない。

そのまま深川に入り、永代橋を渡って霊岸島の湊橋近くの茶店に入った。すでに吉蔵は待っており、緋毛氈《ひもうせん》を敷いた縁台から腰を上げた。その顔がいつになく緊張していた。

「どうした?」

「権左の足取りをつかみました」

「なにッ」

「橋を渡ってすぐのところに泉屋という旅籠《はたご》があります。権左がその旅籠にしばらく逗留《とうりゅう》していたのがわかりました。長兵衛と庄助、それから女がひとりいたのもわかっています。女は小桜でしょう」

「それで今は?」

「二日前の朝に宿を引き払っています。どこへ行ったかはわかりませんが……」

「よし、その旅籠に行こう」

すぐに泉屋に足を向けた。

権左らのことは手代も女中もよく覚えていた。ただし、どこへ行ったかはわからないという。

「泊まっていたのはその四人だけなのだな?」

音次郎は女中と手代の顔を交互に見た。

「そうです」

「他に仲間が来たとか、誰か訪ねてきたというようなことはなかったか？」

「それでしたら……」

と、か細い声でいったのは女中だった。音次郎は女中に目を向けた。

「行徳河岸《がし》にある大崎屋という船宿の船頭さんが一度……」

「船宿の船頭……」

「はい、一度だけですけど訪ねて見えました。もっともすぐ帰られましたけど……彦作さんという方です」

「大崎屋の彦作だな」

「はい。でも、あの人たちが何か……」

女中は臆病《おくびょう》な兎《うさぎ》のような目をまたたいた。

「よからぬことをしているやつらだ。そういえば察しはつくだろう」

女中は手代と顔を見合わせた。

「それで、その船頭以外に来たものはおらぬか？」

手代と女中は同時に首を振った。

「吉蔵、大崎屋という船宿だ」

「へい」

泉屋をあとにした二人は、すぐに大崎屋を訪ねた。

雨で商売にならないのか、大崎屋の船頭らは一階の居間で煙草を呑んだり、将棋を指したりして暇をつぶしていた。

「彦作という船頭はいるか？」

音次郎が土間に入って聞くと、足を投げ出して柱にもたれている男が顔を向けてきた。柄の大きな男だった。客だと思ったらしく、相好《そうごう》を崩したが、

「ちょいと二階で話をさせてくれないか」

と、音次郎がいうと訝《いぶか》しそうな表情をした。

それでも、それじゃすぐにと、腰を上げた。

船宿の多くは二階を客間にしている。舟を使う客の溜《た》まり部屋だが、酒や食べ物も出されるので、単に酒を飲みに来るだけのものもいる。

音次郎と吉蔵は窓辺に腰を据えた。細かい雨粒を受ける箱崎《はこざき》川が窓の下に横たわっている。船着場に舫《もや》われた舟は、雨を吸って板を黒く染めていた。

「話ってえのはなんでしょう？」

彦作は大きな体を音次郎と吉蔵の前に据えた。

「直截《ちょくせつ》に聞くが、北新堀町にある泉屋という旅籠に、権左という男が仲間と泊まっ

ていたのを知っているな」

　彦作の目が泳いだ。

「へえ、舟を出しましたので……それが何か？」

「どこへ出した？」

「品川です」

「……品川」

　音次郎は眉宇《びう》をひそめて、吉蔵を見た。吉蔵は無表情だ。

「猪牙《ちょき》で海を渡るのは難しいので、猟舟を使いましたが……」

「品川のどこへ行った？」

「どこって、沖に停泊している廻船を見に行って帰ってきただけです」

「廻船を……」

「千石はあろうかという菱垣廻船《ひがきかいせん》です」

　音次郎は顎《あご》をさすった。蚊遣《かや》りの煙が、目の前でゆるやかな風に流されている。暇つぶしに廻船見物にでも行ったのだろうか……。よくわからないことだ。

「それでおまえは、やつらの宿を訪ねて行ったそうだな」

「え、ええ……」

「何しに行った？」

「あの、なぜそんなことを聞かれるんです……？」

音次郎は彦作の目を見ながら考えた。もし、この男が権左とつるんでいるなら滅多なことはいわないはずだ。警戒させるのは得策ではないかもしれない。

「じつは権左とは古い付き合いでな。それで会いたいと思って捜しているのだ」

「何だ、そういうことですか」

彦作はほっと安心したように息をついた。

「それで泉屋でどんな話をした？」

「話って……それは……」

彦作は音次郎から視線を外して口ごもった。

「どうした？」

「あ、いえ。あの日品川まで漕いでいったあっしの腕が気に入ったので、それで酒を馳走《ちそう》になっただけです」

音次郎は目を細めた。

「すぐ帰ったそうじゃないか」

「あ、はい。それはあっしに用があったんで、一杯だけいただきまして、それで失礼させてもらいました。旦那《だんな》らはご機嫌の様子で、酒手をもらいまして」

「それだけか?」

「ええ、そうです」

音次郎は表に目を向けた。いつの間にか雨がやんでいた。

「権左らが宿を払ってどこへ行ったか、それは知らないか?」

「……さあ、それはわかりません」

彦作は首をひねった。

「そうか。邪魔をしたな」

音次郎はあっさり彦作への訊問《じんもん》を打ち切った。すぐに彦作は階下に降りていったが、階段口で一度音次郎たちを振り返った。

「どう思う?」

音次郎は吉蔵を見た。

「何だか歯切れが悪かったですね」

「おまえもそう思うか?」

「何か知ってるのかもしれません」

「おれもそう感じる。やつに気取《けど》られないように見張ってくれるか」

「わかりました」

「だが、なぜ品川くんだりまで船を見に行ったのだ……」

音次郎はぬるくなった茶を口に含んだ。

二

南新堀河岸と佃島沖に停泊している三國丸を艀《はしけ》が何度も往き来していた。天候のすぐれない朝ではあったが、海は穏やかさを保っていたので、昨日に引きつづき荷揚げ作業が行われているのだった。

船から下ろされた油樽《あぶらだる》は河岸地に荷揚げされると、そのまま各問屋の蔵に運び込まれる。その間に油仲間寄合所のものがその数などを帳面に記載していった。

大坂から江戸に移出される油は、その年にもよるが大体七万から八万樽前後である。一樽は三斗九升で、船賃は一樽十二匁《もんめ》と決まっていた。荷は油だけに限らず、木綿や砂糖、塩、紙などという生活必需品も併せて積んである。

「雨がやんだな」

権左は沖に浮かぶ船を眺めながらつぶやいた。

宿にしているのは、鉄炮洲・十軒町にある小さな旅籠だった。その旅籠の二階からは、佃島沖に停泊している三國丸がよく眺められた。

船は帆を下ろし、その大きな体を波にゆったり動かしている。艫《とも》と舳先《へさき》にある幟《のぼり》が気持ちよさそうにはためいていれば、船の上では鷗《かもめ》たちが鳴き騒いでいた。

権左は煙管《きせる》に火をつけるために、視線を手許に戻した。

雨が上がり晴れ間が出てきたせいか、裏庭のあたりから蟬の声が湧き出している。

「船は予定通りに出るんだろうね」

そばに侍る小桜が団扇で胸元に風を送っていた。襟を崩しているので、胸元の白い肌と乳房がちらちらのぞいていた。

「明日には積み荷の仕立てが終わる。それから品川で残りの荷を積んで江戸を離れる」

庄助の調べではそうなっていた。

「それじゃ明日が勝負なんだね」

「品川から船が動きだしたときが、おれたちの出番だ」

権左は沖に浮かぶ三國丸を眺めながら、茶を含んだ。

「船の用心棒はどうするんだい？」

権左は眉間《みけん》を揉《も》みながら小桜を見た。

「放っておくさ。陸で始末すれば騒ぎになる。それで出航が遅れるようになったらおれたちの仕事も、それだけ遅れることになる」

「それじゃ船の上で始末するんだね」

「それしかあるめえ」

権左は煙管をつかんで吹かした。三國丸から荷を積んで離れる艀の数が少なくなっていた。荷下ろしが大方終わった証拠だ。

「小桜、そろそろ約束の刻限じゃねえか」

「ああ、そうだね。そろそろ行くとするかね」

「おれもそばで話を聞かせてもらうぜ。なに、邪魔はしねえから……」

「あたいは全然かまわないさ」

肩をすくめた小桜は着物を整えた。

それからすぐに二人は旅籠を出た。小桜が昨夜口説いた三國丸の船乗りがいる店だ。その店は佃島に渡る船着場のそばにあった。小さな一膳飯屋《いちぜんめしや》だが、浜の漁師らに重宝されており、うまい料理を出した。

さっきまで黒い雲がたれ込めていたが、今は青空が広がりはじめている。雲も流され、水平線のほうには大きな入道雲が湧いていた。

「佃や」という一膳飯屋に小桜が入って行き、少し遅れて権左が入った。小桜の相手の船乗りは鼻の下を伸ばして、入れ込みの隅に座っていた。小桜が前に座ると、にたついた顔で早速酒を勧める。

権左はなに食わぬ顔で、そのそばに行って腰をおろした。酒と刺身を頼み、小桜と船乗りの会話に耳をすました。

「……も同然だ。明日は品川から荷をもらったら、そのまま江戸を離れることになる。せっかくおまえさんみたいな、いい女に知り合えたっていうのに……、まあ遠慮いらねえからやりなよ」

「それじゃもう会えないのだね」

「そんな淋《さび》しそうな顔をするんじゃないよ。嬉《うれ》しくなって、帰りたくなくなるじゃないか。でも、いずれまた江戸にはやってくるんだ」

「それはいつだい？」

「早ければ一月後になるかもしれないが、ひょっとすると来年かな」

「来年、そりゃずいぶん先じゃないか」

「海が凪《な》いでいる夏場が廻船の忙しい時期だからな。秋になるとまた海が荒れやすくなるんだ。これぱかりはしょうがない」

二人は取り留めのないことを話していた。

「大坂まではずっと船に乗ったままなのかい？」

「そんなことは滅多にない。大方、途中の港に寄って水や食い物を仕入れる。だけど、余裕がありゃ、そんな港をやり過ごしちまうが、海が荒れて時化《しけ》れば、近くの港で立ち往生ってこともある。まあ、いろいろだよ」

「でも四、五日で着いちまうなんて、船ってのはずいぶん速いんだね。一度そんな船に乗って大坂に行ってみたいもんだわ」

「その気がありゃ乗せていってもいいさ」

善吉《ぜんきち》という船乗りは、楽しそうに笑った。

「そんなことして、お上に知れたら大変じゃないさ」

「なに、わかりっこねえさ」

「本当かね……。でも、どうやってそんなに速く着けるんだろうね」

「昔と違って沖乗りをやるからだ」

「沖乗り……なんだいそりゃ？」

「昔は船から見える山や岬を目印にして走っていたんだ。あんまり陸から離れていないところをな。それで夜になると、近くの港によって休む。それを地乗りっていうんだが、今は沖に出て船磁石を使って走らせる。もちろん昼間は山とか覚えのある陸を見たりもするし、夜になれば星や月を見たりして、なるべく休まないで船を走らせるのさ」

善吉は得意げに話しはじめた。小桜は興味津々《しんしん》といったように目をきらきらさせているが、そのじつ心から聞いているようではない。足の指をつまんだり、箸《はし》の先で魚の身をほぐしたりしている。

「向かい風になると船が進まなくなるから、間切《まぎ》りといって、斜めに走らせる。右に行ったら今度は左にって具合に。だけど、風がぱたりとやむことがある。そうなるとお手上げだ。あきらめて、碇《いかり》を降ろして風待ちだ。おれたち船乗りは沖掛かりというんだが、そんなときは昼寝をしたり釣りをして暇をつぶすしかない」

「へえ、それじゃ風が頼りなんだ」

「まあ、そうだな。一応櫓《ろ》も使うが、風がないと船は役に立たない」

「船にはたくさんお金を積むのかねえ」

いいことを聞くと、権左は酒をすすりながら聞き耳を立てる。

「そりゃ船主の仕事だから、おれにはよくわからねえが、五百両はまあ下らないだろう」

　権左は目を光らせた。庄助の話だと、やはり一千両は積まれるという話だった。どっちが本当なのだ？

「それじゃ五百両以上……すごいんだね」

「まあ、そうだな。それで今夜は問屋の連中と宴会だが、すぐ抜けるつもりだから、会えないか？」

　善吉の声が真剣味を帯びていた。

「あんたがそうしたいんならいいよ。だけど、あいにく今夜は用があるんだ」

「断れない用かい？」

「何とかしてみるけど、駄目だったら明日の朝見送りに行ってあげるわよ。いつごろ行けばいいかねえ」

「船は六つ半（午前七時）に出るから、その前でないと会えないな。それより、今夜何とか都合つけられないか。昨夜会ったあの店で、そうだな宵五つ（午後八時）には待っているから。そうしてくれよ」

　酒をほした権左は、濡《ぬ》れた唇を手の甲でぬぐった。

　三國丸の出航は、明日の朝六つ半だ。

三

肝腎《かんじん》なことを耳にした権左は店を出た。あとの細かいことは、小桜がうまく聞き出してくれるはずだ。権左は歩きながら、頭のなかで整理をした。船に積み込まれる金が正確にいくらなのかわからないままだが、船頭も舟の支度も整っている。

三國丸の船乗りは十六人。その大方の顔は昨夜のうちにおおむね見ていた。用心棒と船主だけが一筋縄ではいかない面構えをしていたが、他の船乗りらに手を焼くほどのことはないだろうが、助っ人は必要だと考えていた。その助っ人とは長兵衛が連絡をつけている。

細かいことは成り行きまかせになるが、明日の朝は三國丸より先に品川にまわるか、それともあとを追いかけるのがいいのか……。その辺のところはもう少し考えよう。

宿に戻ると、玄関に長兵衛の顔があった。

「待っていたんです」

式台から腰を上げて長兵衛が声をひそめた。

「助っ人に渡りがついたんで会ってもらいてえんですが」

「どこにいる？」

「宿に連れてくるのはどうかと思ったんで、南八丁堀の茶屋に待たしてます」

「会おう」

権左は答えるなり、きびすを返して旅籠を出た。

「そいつらは信用できそうか？」

「癖はありますが、口が固いのはたしかなはずです。二人とも上野の寛五郎《かんごろう》一家で用心棒をしていた人間です」

「……そうか。まあ、会ってみりゃわかるだろう」

長兵衛が渡りをつけた浪人は、八丁堀に架かる中ノ橋のそばにある茶屋でのんびり酒を飲んでいた。

権左を見ても物怖じしない顔を向けてきた。

「こっちがさっき話した荒神の権左さんです。兄貴、こっちが縫川房二郎《ぬいかわふさじろう》さんで、そっちの方が平山幹之助《ひらやまみきのすけ》さんと申されます」

縫川は異様に眼光が鋭く頬《ほお》のこけた色の黒い男だった。平山のほうは固太りで、顎から耳許にかけて無精 髭《ぶしょうひげ》を生やしていた。

「寛五郎一家にいたそうだな」

「ああ、あんたのことは耳にしているよ。昔は派手に花川戸でやっていたそうじゃないか」

権左に応じたのは、縫川だった。

「昔といえば昔だろうが、まだ何年もたっちゃいねえよ。それで話は聞いたかい?」

権左は縫川と平山を交互に眺めた。

「何でも稼げる仕事があるってだけだ。詳しい話をあんたに聞こうと思ってな」

平山がくわえた楊枝《ようじ》を嚙《か》みながらいう。

権左は店の女や客を見た。数組の客があるが、権左のところからは離れている。店の女たちは台所そばの土間に腑《ふ》抜《ぬ》け面で立っているだけだ。

「仕事は明日だ」

権左は声をひそめてつづけた。

「うまくいきゃひとり五十両ずつ払う」

「ほんとかい……?」

縫川が目を丸くした。平山も驚いた顔をしたが、

「うまい話にゃ裏がある。だが、その話を聞いたら抜けられねえんだろうな。あんたも話すからには、おれたちが断れば黙っていないってことだ」

と、権左の心中を見抜いたことをいう。

「そこまでわかってりゃ文句はねえ。それじゃ乗るか乗らねえか、ここで返事をしてもらおうか」

平山と顔を見合わせた縫川が、片頬に不敵な笑みを浮かべて権左をにらんだ。

「何も聞いてねえのに、乗るも乗らねえもねえだろう」

「半日で五十両払うといってるんだ。滅多に口にできることじゃねえ」

「……そうかい。だったら話に乗れば教えてくれるんだろうな」

「ここではできねえが、今夜仲間が集まったところで話してやる。それがいやなら、この話はなかったたってことでいい」

権左は開き直ったようにいって、前屈みにしていた半身を起こした。そのまま静かに茶に口をつける。縫川と平山が慌てるのがわかった。権左はどうせこの二人は乗ってくると読んでいた。五十両と聞いて引き下がる輩ではないのだ。それに叩《たた》けばいくらでも埃《ほこり》の出る体。あくどいことも、かなりやっているはずだ。

「……よかろう。おれは乗る」

平山が最初に折れた。すると、縫川も、

「だったらおれも乗るしかあるめえ」

と、賛同した。

「それじゃ明日の手筈《てはず》を決める。今夜、六つ半に鉄炮洲・十軒町に〝なぎさ屋〟という旅籠がある。そこで待っているから来てくれ」

四

日が傾くと行徳河岸界隈《かいわい》にも、赤とんぼの群れが目立つようになった。空は朱に染まりはじめている。

音次郎と吉蔵は、一軒の菜飯屋《なめしや》に腰を据えていた。櫺子格子《れんじごうし》から大崎屋が見える。彦作が船頭をやっている船宿だ。

音次郎は霊岸島周辺を流し歩いたが、ついに権左の手がかりとなるものはつかめなかった。また腰巾着《こしぎんちゃく》の長兵衛と庄助という男も見かけなかった。この二人の人相は、大まかにわかっていたが、実際会ったことがないので見過ごしているかもしれないし、権左の女だという小桜も、杳《よう》として不明である。

ともかく手がかりとなるのは彦作ではないかと、音次郎と吉蔵は考えていた。

「ひょっとすると行徳船を使って江戸から逃げる気か……」

音次郎は夕日の帯を走らせる箱崎川を見ながらつぶやいた。

目の前の船着場から行徳まで三里八町（十二・七キロ）。十五人から二十四人乗りの行徳船で半日の行程だ。船は一日に約六十隻が往復している。

「逃げるんでしたら、とっくにそうしてるんじゃありませんか。それに船頭を選ぶこともないと思うんですが……」

吉蔵が蚊に刺された脛《すね》を、ぼりぼり掻《か》きながらいう。

「何か企みがあって、それが終わっていない。その企みに彦作が一枚嚙んでいるとなれば、話は違う」

「……まあ、そういうこともありましょう」

音次郎は通りを挟んだ船宿に目を転じた。彦作が出てくる気配はない。

「それにしてもなぜ、品川くんだりまで船を見に行ったのだ……」

見に行った船は三國丸ということがわかっていた。その船は佃島沖に停泊している。

「単なる遊びだったのでは……気晴らしか気紛れに子分や女を喜ばせただけってことも考えられます」

「……ふむ。難しく考えなければそうだろうな」

音次郎は茶をつぎ足しながら、言葉を継いだ。

「泉屋という旅籠に何日も泊まっていたのはなぜだろうか？　三國丸は油を積んでいたのだったな」

「他の荷もあるようですが、油がほとんどのようです。荷は南新堀河岸に下ろされたといいます」

「南新堀河岸……」

音次郎はにぎわう問屋街を頭に思い浮かべた。今いる店からほどないところだ。

「……吉蔵、ちょいと歩いてくる」

「彦作に動きがあったらどうします？」

「なに、すぐに戻る」

音次郎は菜飯屋を出ると、深編笠を目深に被って、崩橋（箱崎橋）を渡った。めざす河岸地まで、二町もない。湊橋のたもとで一度立ち止まり、泉屋を眺めた。掛けられた暖簾《のれん》が夕風にそよいでいた。

あの宿から三國丸の荷を揚げた船着場が見える。

音次郎は胸の内でつぶやきながら湊橋を渡って霊岸島に入った。橋を渡ったすぐ左手が南新堀河岸である。大きな油問屋が蔵を並べている。

その日の仕事はほとんど終わったらしく、船着場には大小の舟が舫われていた。音次郎はその船着場に立った。対岸に権左が泊まっていた旅籠が見える。

何かが頭の隅で閃《ひらめ》きそうなのだが、よくわからない。だが、待てよと思ったことがある。権左がねぐらにしていた花川戸も油屋であった。何か関係があるのではないか……。三國丸も油船といっていい廻船だ。

もやもやしたものを抱えながら、吉蔵の待つ菜飯屋に引き返した。湊橋を渡ったとき、その日の朝と同じ誰かの視線を感じた。音次郎はゆっくり振り返って、深編笠のなかから辺りを窺《うかが》った。

気になる人の姿はない。だが、たしかに誰かに見られているという五感が働いたのだ。人間の五感は思ったほど鈍くない。とくに音次郎の五感は人並み以上のものがある。

しばらく歩いて、もう一度まわりを見た。家路を急ぐ職人に、侍の姿、使いに走る子供に、買い物帰りの町の女。怪しい人影はなかった。

気のせいか……。

内心でつぶやいて、菜飯屋に入った。

「ひょっとすると大坂に逃げるつもりかもしれぬ」

吉蔵の前に座り込んでいった。

「大坂に……」

「うむ。三國丸に乗り込むということだ」

「ですが、廻船に客は乗せられないはずでは……」

「わからなければいいだけではないか。権左ならそれぐらいのことは朝飯前だろう。それに陸路を使えば、関所がある。その点海路は速いし、関所もない」

音次郎は茶に口をつけてからつづけた。

「船は大坂まで戻るが、その手前の港にも停泊する。そこで降りることも考えられるし、大坂からまた別の国へも行ける」

「それじゃ三國丸に話をつけなきゃなりません。もし、旦那のいうことがあたっていれば、船主が首を縦に振っているということになります」

「吉蔵……」

音次郎は目を瞠《みは》った。

「そうかもしれぬ。三國丸の船主にはどこへ行けば会える？」

「寄合所はもう閉まっているでしょうが、荒木屋という大きな水油問屋があります。三國丸は、その荒木屋と主な取り引きをしていると聞いてます」

「南新堀河岸にあるのだったな」

「へえ」

「行って訊《たず》ねてみよう」

座ったばかりの音次郎はまた腰を上げて店を出た。

日が落ち切りそうになっており、夕闇《ゆうやみ》が迫っていた。音次郎は先を急ぐように、足早に歩いた。

荒木屋は店仕舞いにかかっていたが、音次郎が暖簾をくぐると、「いらっしゃいませ」と、威勢のいい声が飛んできた。

「つかぬことを訊ねたいだけだ」

土間に入った音次郎は、帳場に座っている男に声をかけた。

「なんでございましょう？」

「三國丸の船主に会いたいのだが、どこへ行けば会える？」

「船主さんにでございますか？」

若い手代ふうの男は、目をしばたたいた。

「会って聞きたいことがあるのだ」

「それでしたら長崎町一丁目に駿河屋《するがや》さんという旅籠がございます。そちらにお泊まりのはずですが……」

「長崎町……新川の先だな？」

「さようでございます」

「船主の名は何という？」

「三國屋清兵衛《せいべえ》さんと申されます」

音次郎は礼をいって駿河屋に向かった。

霊岸島は油と並ぶ下り酒の集散地である。それも霊岸島を貫く新川の両河岸に集中している。三國丸の船主清兵衛が泊まっているという旅籠は、新川の南に位置する長崎町を入ったすぐのところにあった。老舗《しにせ》らしく大きな店構えである。

番頭に船主のことを聞くと、客間座敷で酒を飲んでいるということだった。面会がかなうかどうか聞いてくれと頼むと、番頭はすぐに返事をもらってきた。

「かまわないので上がってくれとのことです」

音次郎は遠慮なく上がり込んだ。

十六畳大の客座敷で清兵衛は、二人の男と楽しげに酒を飲んでいた。見るからにご機嫌の様子で、日に焼けた顔を入ってきた音次郎に向けた。

清兵衛らの膳部には、魚の煮付けや刺身、吸い物などが載せられていた。

「お楽しみのところを相すまぬ。つかぬことを訊ねたいだけなので、すぐに失礼する」

音次郎は清兵衛のそばに腰をおろした。

「どんなことでしょう？」

「船は明日出立するそうだな」

「へえ、江戸に入るのに日を食ってしまいましたので、急いで荷を仕立て終わったところです。どうです、一杯」

清兵衛はご機嫌な顔で酒を勧める。

「いや、せっかくのところ邪魔をしては心苦しいので遠慮する」

「そんな堅苦しいことをいわれんでも……」

あまり強く勧めるので、盃をもらって一杯だけ付き合った。

「話は簡単なことだ。大坂に帰る船に客を乗せるようなことはないだろうな……」

「わたしの船にでしょうか？　いやあ、それはありません。廻船は客を乗せるんじゃなくて荷を載せるのが専門ですから……ですが、一体どうしてそんなことを？」

「客を乗せる廻船があると耳にしたので、たしかめに来ただけだ」

「ヘッ、すると旦那さんは、お役人様で……」

こういうふうに相手が誤解するときには、音次郎は否定しないことにしている。思い込むのは相手の勝手だし、また音次郎としても仕事がやりやすい。

暗にうなずくと、清兵衛は急に居ずまいを正した。

「これはこれは失礼を致しました。わたしどもは朝が早いもので、それで晩酌も自ずと早くなります。今日の仕事も無事終わりましたので、こうやってくつろいでいる次第です」

清兵衛は滑らかな口調でいって、そばにいる二人の男を紹介した。ひとりは三國丸の船長《ふなおさ》を勤めている源之助《げんのすけ》といった。

もうひとりは多良伝兵衛《たらでんべえ》という浪人である。これは相撲取りのように巨漢だった。また、音次郎がその座敷に入ったときから、鋭い視線を飛ばしてきた男だ。どうやら船の用心棒として雇われているらしい。

「いや、お楽しみのところ邪魔をした。明日は天気もよさそうだ。気をつけて帰られるがよい。それでは失礼する」

音次郎が慇懃《いんぎん》にいうと、清兵衛は深々と頭を下げた。

五

晋一郎はさっきから新川に架かる一ノ橋と、日本橋川に架かる湊橋の間を往ったり来たりしていた。胸の鼓動が妙に波打っているのは、急いで歩いているだけではなかった。

見たのだ。佐久間音次郎に似ている男を。

それは今朝雨が降っているときに見た男と同じ人物だった。間違いないはずだ。

朝は雨も降っていたし、晋一郎も遠目だったので自信がなかった。だが、背中に編笠を垂らし、傘をさした男の横顔は佐久間音次郎にそっくりだった。人違いであってはならないと、しばらく尾けてみたが、途中で自信がなくなり、尾けるのを断念していた。

ところが、そのことがいつまでも心に引っかかった。

どうして、あのときちゃんと追いかけて、声をかけなかったのだと。声をかけて、顔を見れば人違いであったかどうかわかったはずだ。

そうしなかったことが、どうにも悔やまれた。それで雨が上がったのを見計らって、男が去ったほうへ足を向けた。永代橋を渡ってどこへ行ったか、その先のことは不明だったが、小網《こあみ》町や霊岸島をうろついているうちに、また偶然見たのだった。

夕暮れだったので、また自信はなかった。それにすぐに見失ってしまった。それは湊橋のそばだった。

あの男だという確信はなかったが、霊岸島を歩きまわっていると、またあの男を見たのだ。今度は、男は急ぎ足で雑踏に紛れてしまった。南新堀河岸の近くから一ノ橋のほうへ行ったのはわかっていた。

すでに夕暮れの闇は色を濃くし、町家《まちや》の軒行灯《のきあんどん》や提灯《ちょうちん》に火が入っている。晋一郎は目をらんらんと輝かせ、通りを歩く人々を探るように見ていた。

本当に生きていたのだ。祖父は出鱈目《でたらめ》を口にしていたのではないのだ。

強くそう思うのだが、この目でしっかりたしかめるまではまだ何ともいえなかった。しかし、晋一郎は間違いない、ついに父の敵を見つけたという心の高ぶりを抑えることができなかった。心の臓は早鐘を打ち、手のひらにはじっとり汗をかいていた。

晋一郎はもう一度湊橋のたもとから、一ノ橋にゆっくり歩いて戻った。橋を渡ったところで、左に行ったのか、それともまっすぐ行ったのだろうかと考えた。

左に行けば、新川の酒問屋の並ぶ町となる。まっすぐ行けば、霊岸島町から川口町になり、先にあるいずれかの橋を渡れば八丁堀だ。

どうしようかと迷いながら、何気なく長崎町のほうを見たときだ。晋一郎は体の震えるのを覚えた。日が暮れたあとだというのに、深編笠を被っている侍が歩いてくる。

今日という日に、何度となく見かけたあの浪人のなりをした男だった。

顔がこわばり、足がすくむのが自分でもわかった。どうしようかと思いつつ、そばにある小間物屋の軒下の暗がりに身を移した。

男が近づいてくる。その足取りはしっかりしている。懐にある人相書きを思い出した。背は高いほうだ。やってくる男も背は高い。頑丈そうな体つきだ。深編笠に隠れた顔を見たい。行灯や提灯の明かりが、男の編笠に照り返るが、よくはわからない。

やがて男が、目の前を通り過ぎた。強情そうな顎。厚めの唇。どっしりした鼻。

わかったのはそれだけである。これまでに増して心の臓が高鳴った。

男の姿がどんどん離れてゆく。晋一郎は何度か手のひらを結んで開き、それから息を大きく吸って吐き出した。勇を鼓して男の背中を凝視しながら尾けはじめた。

男は迷いのない足取りで、湊橋を渡り、さらに崩橋を渡った。その先を右に折れて、行徳河岸にある一軒の菜飯屋の暖簾をくぐって消えた。

晋一郎は戸口の陰に隠れるようにして、暖簾越しに店内の様子を探った。男は入れ込みに上がると、蝦蟇《がま》面をした男の前に腰をおろした。笠は脱いでいる。

はっきりと顔が見えたその瞬間、晋一郎は雷に打たれたような衝撃を覚えた。

ほんとだった！

紛れもなく佐久間音次郎が目の前にいる。祖父のいったことは嘘《うそ》ではなかったのだ。

だが、なぜ、裁きを受け死罪となったものが、堂々と町中を歩いているのだ？

本当に佐久間音次郎なのだろうか？　ただ似ているだけではないだろうか……。

ともかく何とかしなければならない。今ここで、敵討ちを名乗ってもよいが、それは早まったことになるのではないだろうか……。佐久間は剣の達人だ。しかも、そのすぐそばには人相のあまりよくない男がついている。

どうするか……どうするか……。

晋一郎は心中で何度も同じ言葉を繰り返した。

六

なぎさ屋の二階客間に仲間が集まった。

権左を筆頭に、長兵衛、庄助、小桜、縫川房二郎、平山幹之助の六人だ。権左は集まった面々を改めるようにひと眺めした。

二階の窓は開け放してあり、蚊遣りが焚《た》かれている。窓の向こうには静かな潮騒《しおさい》の音があった。

「こっちは、助っ人をしてくれる縫川房二郎殿と平山幹之助殿だ。こっちの目玉は庄助という、そっちに控えているのは小桜だ」

「女もひと働きするってわけか……」

縫川が唇を舐《な》めながらいう。

「女も男も関係ねえ。人にはそれなりに役割がある。見下したことといいやがると、懐中のものがいつの間にかなくなるぜ」

権左は語気鋭くいった。生意気な野郎は、先に出端《でばな》を挫《くじ》いてやっておくに限る。

「女掏摸《すり》か……」

「掏摸で悪かったわね」

小桜はまなじりを吊《つ》り上げて縫川をにらんだ。

「まあ、落ち着いて話を聞いてくれ。船は明日の朝六つ半に出る」

「船……」

平山だった。

「おい、黙って聞きやがれ。おれがしゃべってんだ。途中で口を挟むんじゃねえ」

「怒鳴ることはねえだろう……」

平山は面白くなさそうに団扇をあおいだ。

権左は平山を強くにらんで話をつづけた。

「佃島の沖を出た船は一度品川で碇を降ろし、荷を積み込んでから江戸を離れる。おれたちは佃島を出る船を追って様子を見る。品川での積み込みに手間はかからねえってことだ。そうだな庄助」

「へえ、品川で仕立てるのは米と着物だといいます。積み荷も艀の数も多くないようですから、作業は一刻もかからないでしょう」

「まあ、積み込みの手間が半刻だとしても、おれたちは十分船に追いつける」

「ちょいと待ってくれ」

縫川が口を挟んだ。権左はむっと眉間にしわを彫ったが、縫川はかまわずにつづけた。

「さっきから船とか品川だとかいってるが、一体どういうことだ?」

「……三國丸という一千石の菱垣廻船がある。おれたちは明日、それを襲うんだ」

縫川と平山は一瞬声を呑んだ顔になった。

「……千石船を襲うのか」

縫川はつばを呑み込みながらいった。

「そうだ。船には用心棒を入れて十六人の船乗りがいる。小桜は送り迎えの舟で待つので、廻船に乗り込むのはおれたち五人だ」

「そんなことだったとは……」

「目当ては積み荷じゃねえ。金だ」

「いくらあるんだ？」

「さあな、五百両か千両か、それは蓋《ふた》を開けてみないとわからねえ。だが、庄助の調べたところ八百両は下らないって話だ」

「それでおれたちに五十両か」

平山は不服そうな顔をした。

「いやならいいぜ、下りたって。……半日で五十両だ。悪くない話だろうが。それにこれまで手筈《てはず》を整えてきたのはおれたちだ。文句はいわせねえぜ。だが、まあおれもケチな男じゃねえ。金の多寡次第では色をつけてやるつもりだ」

平山は黙り込んで、縫川と顔を見合わせた。

「大事なのは品川から船が出るときだ。おれたちは船が帆を上げる前に乗り移らなきゃならねえ。千石船は知ってのとおり大きい。小舟からぴょんと飛び移れるような代物じゃない」

「じゃ、どうやって?」

また、縫川だった。

権左は相手にしなかった。代わりに小桜が答えた。

「船に善吉って男が乗っているんだ。あたいがたらし込んだ男でさ、明日、船を追いかけていくから乗せてくれといってある。品川の沖で荷を仕立てたあとも、善吉が縄《なわ》梯子《ばしご》を垂らしたままにしてくれるはずさ」

「そうしてくれなかったらどうする?」

「ふん、大丈夫だよ。あの男はあたいとの約束を裏切りっこないさ」

「だが、裏切られたらどうするよ」

平山だった。今度は権左が答えた。

「そのときのことも考えているさ。船に縄を投げ入れて、よじ登るんだ。なに、三間ばかり綱登りすりゃ船の上だ。まあ、そうならないことを祈るばかりだがな」

「廻船を追いかけるというが、舟を漕げるのか?」

「いいことを聞きやがる。だが、心配するな。船頭と舟は支度済みだ」

「兄貴、そのことなんですがね、船頭の彦作にはいつ連絡《つなぎ》を入れます？　ここに呼んだほうがいいんじゃないですか？」

出目をしぱしぱさせて聞くのは庄助だ。

「馬鹿いえ、船頭は舟を漕ぐだけでいいんだ。余計な話を聞かせることはねえ。それに、おれたちに加えて、この二人の顔を見てみな。やつはきっとぶるっちまうぜ。もうひとりの船頭もそうだ」

「それじゃいつ連絡を……？」

権左は明日の朝早くにしようと思っていたが、

「今夜のうちに伝えておくか。庄助、明日は抜かりなく遅れるんじゃねえと、口酸っぱくいっておけ」

「へえ、わかりました」

「それで、船を襲って金をいただいたら、そのまま品川に向かう。金を分けるのはそのあとだ」

「船乗りたちはどうするんだ？」

平山が扇子をあおぎながら聞く。

「わかってることを聞くんじゃねえよ。皆殺しだ。だからおめえらを雇ったんだ。だが、油断するな。船には相撲取りみてえにでけえ用心棒が乗っている。甘く見てると、返り討ちにあいかねねえからな」

「そんなに大きな男がいるのか……」

「何だ、怖じ気づいた顔するんじゃねえよ。泣く子も黙る寛五郎一家で用心棒を務めてきたんだろう」

権左は皮肉るような笑みを口の端に浮かべて、平山の膝を叩いた。

「それから付け加えておくことがある。船はそのままにしておくと、いずれ襲われたってことがわかる。そんなことがねえように火をつける。おれたちが陸に上がった頃《ころ》に、火がまわるように仕組むんだ。長兵衛、抜かりはねえな」

「へえ、もうその支度はすんでおりやすから、ご安心を。それから水夫《かこ》に化ける着物もここに揃《そろ》ってます」

長兵衛は部屋の隅にある風呂敷包みを指した。船頭の操る漁師舟に乗る権左らは、先方にあやしまれないように、全員水夫に変装することにしていた。

「よし、話は大体そんなところだ」

権左は手にしたぐい呑みの酒を、一息であおった。

七

船宿大崎屋は宵五つ（午後八時）に表戸を閉めた。船頭らもそれに合わせてそれぞれの家に帰宅した。しかし、船宿には泊まり客もおり、二階と一階にはまだ明かりが点《とも》っている。

大崎屋の船頭彦作を見張っている音次郎と吉蔵は、すぐそばの瀬戸物屋に身を移していた。うまく話をつけて玄関脇の縁側を一晩借り受けたのだ。主夫婦は小粒（一分）を手にすると、目を丸くしたあとで二つ返事で無理を聞いてくれた。

音次郎は縁側の雨戸を一枚だけ開け、雨戸の陰から大崎屋の様子を窺《うかが》っていた。夏場だから、蚊に刺されるのは仕方ないとしても、ごろ寝で体を休めることはできる。

「旦那、彦作です」

横になっていた音次郎は、吉蔵の声で半身を起こした。

大崎屋の前に彦作が立っている。柄が大きいので、その影を見ただけでわかる。そばにもうひとり提灯を下げた男がいるが、背中を向けているので顔は見えない。男は彦作と短いやり取りをすると、崩橋のほうへ歩いていった。

「……どうします？」

「うむ」

音次郎は彦作と、男を交互に見た。

彦作は大崎屋の一間に住み込んでいるから、男を見送ると店に消えた。やってきた男は、崩橋を渡っていくようだ。提灯の明かりが遠のいてゆく。

「権左の使いかもしれぬ。吉蔵、尾けてみてくれ」

「もし、権左の仲間だったらどうします？」

「………」

音次郎は考えた。

「ひっ捕まえて口を割りますか？」

「……いや、それはまずいかもしれぬ」

「………」

「あっさり口を割ればいいが、しぶとくて手を焼くことになると、やつらに疑われるかもしれぬ。行き先を知るだけでいいだろう」

「それじゃそうしましょう」

吉蔵は縁側の外に草履《ぞうり》を落として、そのまま瀬戸物屋を出ていった。

やがて、その姿が闇に溶け込んで見えなくなった。

音次郎はあたりに目を配った。星明かりはあるが、夜目の利かない夜だ。縁の下で虫が鳴いていた。音次郎は夜気にふっと息を吐いた。

気になることがあった。三國丸の船主に会いに行った帰りに、また例の人の視線を感じたのだ。誰だかわからなかったが、日に何度もそんなことを感じるのは明らかにおかしなことだった。

大崎屋の一階にあった明かりが消えたのは、それから小半刻後のことだった。どこかの飲み屋から酔っぱらいの声がしていた。

吉蔵はなかなか帰ってこなかった。すでに夜の闇は濃さを増している。犬の遠吠《とおぼ》えが聞こえてきて、夜廻りをする自身番詰めの町役が、音次郎のいる瀬戸物屋の前を通り過ぎていった。

吉蔵の帰りが遅いので、何かあったのではないかと、徐々に心配になってきた。尾行をしくじるとは思えないが、相手は人の風上に置けない悪党だ。どんなことが起きるかわからない。

不安を募らせるうちに五つ半（午後九時）の鐘が、夜空を渡っていった。

吉蔵が帰ってきたのは、それから小半刻後のことだった。

「どうした？　遅かったではないか」

「へえ、それがどうもさっきの男はあやしいんです」

「どういうことだ？」

「権左の仲間かもしれません。庄助って野郎じゃないかと思うんです」

「たしかか？」

　音次郎は目を光らせた。

「自信はありませんが、そうかもしれません。鉄炮洲になぎさ屋って旅籠があるんですが、そこに入ったきり出てこないんです」

「そこの泊まり客ということか……」

「そのようです。しばらくその旅籠を見張っていたんですが、それきり人の動きはありませんで、宿も静かでして……」

「気になるな。泊まり客のことは聞けなかったのか？」

「そうしようと思ったんですが、あっしのような男が訪ねれば、かえってあやしまれるんじゃないかと思いまして……」

　たしかに吉蔵は褒められるような面相じゃない。

「……ともかく彦作に、男が会いに来たことは何かあるということだろう。それも今夜かもしれぬ。何もなかったら、明日の朝早くおれがその旅籠を探ってみよう」

晋一郎は行徳河岸の船着場にある舟のなかに、身を横たえていた。

佐久間音次郎とおぼしき――いや、もうはっきりと佐久間だとわかっているのだ――その佐久間が、瀬戸物屋に身をひそめている。何を企んでいるのか知らないが、明らかにおかしな動きをしている。

晋一郎はどうやって敵を討とうかと考えつづけていた。まともにやり合ってかなう相手ではない。不意をついての闇討ちをかけようと思ったが、その機会はなかった。それに佐久間のそばには、がっしりした体格の、それも蝦蟇のような顔をした男がついている。

下手に襲撃すれば、返り討ちにあうだろう。そうなっては元も子もない。しかし、卑怯《ひきょう》な手を使いたくないという思いもある。

正々堂々と向かい合って、佐久間から懺悔《ざんげ》の言葉を一言は聞きたい。そのうえで討ち取りたいのだが……。いざとなると、死という恐怖が先走り、どうにももう一歩を踏み出せなくなっていた。

だが、ここで会ったが百年目、佐久間から目を離さずに敵を討つ機会を窺いつづけるべきだと、心にいい聞かせていた。

晋一郎はときどき、身を起こして佐久間がひそんでいる瀬戸物屋をのぞいては、また舟のなかに腰をおろすのだった。グウと腹の虫が鳴いた。

朝餉を食べたきり、何も口にしていなかった。

晋一郎は空いた腹をさすって、唇を噛んだ。


夜がようようと明けはじめた。

闇が薄くなるに従い、蟬たちが思い出したように鳴きはじめた。

片手枕《まくら》で横になっていた音次郎は、ゆっくり目を開けて、縁側の先に見える大崎屋を眺めた。まだ、七つ半（午前五時）前だ。

それでも朝の早い江戸の振り売りたちの姿がちらほら見受けられた。納豆売りに、豆腐売り、さらには蜆《しじみ》売り。まだ売り声はかけていないが、それぞれに天秤棒《てんびんぼう》を担いで、どこへともなく歩いていった。

「吉蔵、起きろ」

鼾《いびき》をかいていた吉蔵は、肩を揺すられて目を覚ました。

「何かありましたか？」

「夜が明けた」

吉蔵は生欠伸《なまあくび》をしながら身を起こした。

「なぎさ屋に行かれますか？」

「まだ早すぎるだろう。しばらくたってから行ってみる」

音次郎がそういったときだった。大崎屋の表戸が小さく開き、彦作が現れた。両手を大きく広げ、すがすがしい朝の空気を吸い込むと、そのまま店をあとにした。

「やつが動きはじめた」

差料をつかんだ音次郎は、ぐっと目に力を入れた。

第六章　品川沖

一

内海（江戸湾）に光が満ちた。さっきまで東の空は、きれいな朱に染まっていたが、今は青空に変わっている。穏やかな海はきらきらと輝き、浜に打ち寄せる波は静かに真砂《まさご》を洗っていた。

三國丸のそばにいた艀《はしけ》が去ると、船乗りたちはそれぞれの持ち場についた。

甲板に立つ船主《ふなぬし》の清兵衛は、煙管《きせる》をくわえたまま、名残惜《なごりお》しそうに江戸の町を眺めていた。艫《とも》と舳先《へさき》に立てた幟《のぼり》が、ぱたぱたと音を立てている。舷側《げんそく》に打ち寄せる波はぴちゃぴちゃと、魚の跳ねるような音をさせていた。

清兵衛は煙管の雁首《がんくび》を舷側に打ちつけて灰を落とすと、懐《ふところ》にしまった。

それからまぶしそうに空を見あげた。船のそばを飛んでいた鷗《かもめ》が、檣《ほばしら》（帆柱）の最上部にある横桁《よこげた》に止まっていた。

「親爺さん、そろそろ船を出します」

船長《ふなおさ》の源之助がそばにやってきた。三國丸の操船指揮は源之助に託されていた。

「少し早いがいいだろう」

目顔でうなずいた源之助は、まわりの船乗りたちを見ると、大きな声を張った。

「帆を上げ！」

その声で船内の水夫《かこ》が轆轤《ろくろ》をまわしはじめた。轆轤はギシギシと軋《きし》みながら、帆を上げてゆく。同時に碇《いかり》が引き上げられた。

清兵衛はゆっくり上がってゆく帆を見守った。帆の広さは二十六反あり、帆と檣は都合十本の頑丈な綱で支えられる。綱には、手縄《てなわ》、脇取綱《わきとりづな》、水縄《みなわ》、筈緒《はずお》などという名前が付いていて、それぞれに役目がある。

巻き上げられた帆はしっかりと綱によって固定される。早くも風をはらんだ帆が船を動かしはじめていた。

「面舵《おもかじ》いっぱーい！」

風を読んだ源之助が声を張った。船内にいる舵取りから「面舵」という声が返ってくる。舵取りは、三畳はあろうかという巨大な舵を、蟬《せみ》（滑車）をまわして操作する。

「ようそーろー！」

船の方向を定めた源之助が再び、大きな声を空に響かせた。水夫たちも「ようそろー」と声を返す。

三國丸はさがりを垂らした舳先を軋ませ、大きく肩を揺すって走りはじめた。

菱垣廻船とは、船の両舷上部にある垣立《かきだつ》の一部が、薄板（あるいは竹）で菱形《ひしがた》に組まれていることから、そう呼ばれるようになった。

品川まで二里の距離だから、あっという間の短い航海である。

清兵衛のそばに知工《ちく》がやってきて、品川で仕立てる荷の確認を取った。知工とは、いわば船内の会計事務役である。

船頭（船長）・舵取り・知工を船方三役と呼ぶが、親爺と呼ばれる船主の清兵衛が乗り込んでいるので、三國丸には四役がいることになる。

「品川の荷は少ない。仕立て終わったら一気に大坂だ」

知工から報告を受けた清兵衛は、もう一度江戸の町に目を向けた。途中、三つの泊地に止まる予定だが、天気が崩れさえしなければ大坂まで五日で着けるだろう。

清兵衛はあと何度、大坂・江戸を往復できるだろうかと考えた。年に四回として、自分の歳を考えれば、二十回がせいぜいだろうと思った。

二

音次郎と吉蔵は、彦作を尾行しつづけていた。

船宿大崎屋を早くに出た彦作は、小網町二丁目の裏店《うらだな》を訪ね、ひとりの男を伴って、また表に戻ってきた。そのまま男と連れ立って、鉄炮洲の湊河岸《がし》に行き、朝の早い漁師相手に商売をしている屋台でうどんをすすった。

二人は気の置けない仲らしく、ときに冗談をいい合っているようだった。

「吉蔵、どう思う？　あの二人ただ単にどこかに遊びに行くだけではないだろうか。そうであれば、おれたちはまったく無駄なことをしていることになる」

「……ここまで来たんです。様子を見るしかないでしょう」

しばらく考えた吉蔵は、諭《さと》すようにいった。

その後、彦作と連れの男は、湊河岸にある二艘《そう》の猟舟に乗り込んだ。音次郎と吉蔵は慌てたが、

「すぐ先の十軒河岸で人を乗せることになっている」

といった彦作の声を聞いた。

二人が沖に出るのではないと知った音次郎と吉蔵は、そのまま浜伝いに二艘の舟を追った。

そして今、その二艘の猟舟は十軒河岸の浜に寄せられていた。音次郎と吉蔵は浜にある番小屋の陰から二人を見張っているのだった。ついさっき、沖に停泊していた三國丸が出ていったばかりだ。その姿は遠くに霞《かす》み小さくなっている。

「誰か来ます」

三國丸を眺めていた音次郎は、吉蔵の声で顔を戻した。

二艘の猟舟のところにやってきたのは頰被《ほおかぶ》りをした漁師だった。薄汚れた白木綿を端折《はしょ》り浅黄《あさぎ》の法被《はっぴ》に梵天帯《ぼんてんおび》。法被には柏《かしわ》の葉が大きく染め抜かれていた。漁師というより河岸地で働く水夫《かこ》のように見える。

やってきた男は、彦作らに何か指図をしている様子だった。それからしばらくすると、浜沿いの道から同じような恰好《かっこう》をした男たちがやってきた。その数五人。

五人は彦作の猟舟のそばへ行って、短いやり取りをして舟に乗り込んだ。おかしなのは男たちが、藁束《わらたば》と手に刀を持っていることだった。水夫なら刀などいらないはずだ。漁に出るとしても刀持参は、どう考えても不自然である。

音次郎は注意深く目を凝らし、聞き耳を立てたが、猟舟まで半町ほどあるので、声も聞こえなければ顔も判然としない。

「旦那《だんな》、権左です」

吉蔵がぎろりと目を剝《む》いていた。

「違いないか？」

「ひとりは女です。あれが小桜でしょう。どうします？」

といっているうちに、彦作が櫓《ろ》を漕《こ》いで舟を出した。浜を離れた舟はすぐに波に揺れはじめた。

音次郎はどうするかと、逡巡《しゅんじゅん》しながらも、これまでのことをめまぐるしく考えていた。泉屋という旅籠《はたご》に権左は女連れで泊まっていた。子分の長兵衛と庄助も一緒だったことがわかっている。さらに、彼らは彦作を雇って三國丸見物をしている。もうその先を深く考える必要はなかった。

「吉蔵、やつらは三國丸を襲うつもりではないか。いや、そうに違いない」

そういうが早いか、音次郎は番小屋の陰から飛び出したが、もう追いつけないのは明らかだった。

「吉蔵、舟だ。舟を都合するんだ」

音次郎は振り返って叫ぶようにいった。

と、吉蔵の背後に立っている男に気付いて、一瞬あっけにとられた。なんと浜西晋一郎が、そばに立っていたのだ。

「どうされました……」

怪訝《けげん》そうな顔をした吉蔵が、自分の後ろを振り返った。

「佐久間音次郎、やはり生きていたのだな」

晋一郎が声を発した。射るような目で音次郎を見、刀を抜いた。頭に鉢巻きをし、襷《たすき》をかけていた。音次郎と晋一郎の間にいる吉蔵が、二人を交互に見た。

「……晋一郎……」

音次郎はそういったきり、つぎにいうべき言葉を思いつけなかった。だが、すぐに今自分がやるべきことに気付いた。

「吉蔵、舟を都合してきてくれ」

「し、しかし……」

「いいから行けッ！」

吉蔵は一瞬、躊躇《ためら》ってから漁師たちの舟のある浜に駆けた。

それと入れ替わるように晋一郎が近づいてきた。

「祖父からおまえが生きているいると聞いていたが、ほんとに生きていたとはな」

いいながら晋一郎はさらに間合いを詰めてきた。二人の間は四間ほどになった。

「晋一郎、大きくなったな」

まだ幼い子供だと思っていたが、久しぶりに会う晋一郎は背が伸びていた。

「ほざけッ！」

怒鳴った晋一郎は刀を脇に構えた。足許の砂をじりじり踏みながら、半寸、また半寸と詰めてくる。

「もはや逃げるつもりはない。こうなったからにはおまえに話をしなければならぬ」

「いいわけなど聞きとうない！　刀を抜け」

「抜いてどうする。わたしはおまえを斬《き》ることはできぬ。敵《かたき》を討つというなら潔く討たれようではないか。だが、今すぐにというわけにはまいらぬ」

「ええい、減らず口を。さっさと刀を抜かぬかッ！」

「……晋一郎、おまえの父を斬ったのは過ちであった。そのことはよくわかっている。それゆえに裁きを受けた」

「そんなことはいわれずとも知っておる。牢《ろう》に入ったのも知っておる。だが、だが、なぜ貴様はこうやって生きているのだッ！　なぜ、処刑されていないのだッ！」

「今、それを話している暇はない」

「話などせずともよい！　わたしは父の敵を討つだけだ。佐久間、覚悟ッ！」

晋一郎は砂を蹴《け》って撃ちかかってきた。端折った袴《はかま》が音を立て、砂埃《すなぼこり》が舞った。

音次郎は半身をひねることでそれをかわした。目標を失った刀が空を切り、晋一郎はたたらを踏んで前にのめり、両手をついた。

「わたしには、今やらねばならぬことがある」

音次郎はあくまでも冷静を保っていた。

とっさに振り返った晋一郎は、悔しそうに唇を噛《か》み、にらみつけてくる。

仁王立ちになっている音次郎は、目の端で権左らの舟をたしかめた。猟舟は帆を上げて走っていた。三國丸はもう見えない。

「咎人《とがにん》のくせに、何がやることがあるだ。愚弄《ぐろう》するな！」

晋一郎はつかんだ砂を音次郎に投げつけた。

音次郎は逃げなかった。小さな礫《つぶて》が頰《ほお》を叩《たた》いた。

その場の緊迫した空気と違い、空から鳶《とび》がのどかな声を降らしていた。

立ち上がった晋一郎は、青眼に刀を構え直した。

「晋一郎、待ってくれ。やることをやったら、必ずおまえに会うと約束する」

「逃げ口上を……」

晋一郎は恐れを知らぬ目になっている。死を覚悟していると、音次郎にもわかった。

「待て。今、ここで斬られるわけにはいかぬのだ」

「わたしは貴様を斬るだけだ。貴様の都合など誰が知る。たわけッ！」

晋一郎は最後は金切り声になって叫んだ。

音次郎は無念そうに首を振った。

「晋一郎、約束しよう。その浜の先に二本松があるな」

晋一郎は示された方向をちらりと見た。

たしかに海岸沿いの道に、青い針葉を繁らせた二本の松があった。

「わたしは用をすませたら、あの二本松に戻ってくる」

「馬鹿をいえ。そんなことで誤魔化されるわたしではない。往生際の悪いやつだ」

晋一郎は徐々に間合いを詰めてくる。

音次郎はその動きをじっと見ていた。それから顎紐《あごひも》をほどき、深網笠《ふかあみがさ》を取った。強い日射しが音次郎の顔にあたった。

晋一郎が利き足で砂を蹴った。砂が後ろに大きく跳ね散り、刀が上段に振りあげられた。音次郎は手にした深網笠を一方に放った。笠は日の光を照り返しながら、くるくると宙を舞った。

晋一郎の体が迫り、刀が振り下ろされてきた。音次郎はすっと腰を落とすと、そのまま半歩左足を出すと同時に、刀の柄頭《つかがしら》を晋一郎の鳩尾《みぞおち》に叩き込んだ。

「うっ……」

晋一郎は手から刀を落とし、ついで膝《ひざ》から崩れた。

「……許せ。こうするしかないのだ」

音次郎は気を失った晋一郎に声をかけて、吉蔵が駆けていった浜のほうへ走った。

三

「急ぐことはねえぞ。どうせ船は荷揚げ中だ」

権左は船頭の彦作から、三國丸に視線を移した。

浜を出たとき、すでに船の姿はなかったが、芝浜を過ぎたあたりで、沖に浮かんでいる三國丸を発見していた。

周囲には大小の舟の姿があった。そのほとんどが漁師舟である。帆を上げているのもあれば、下ろしているのもある。

「彦作、もう一度おれを捜してるやつのことを教えてくれねえか」

それは庄助から昨夜聞いたことだった。おそらく町方だと思うが、気にかかっていた。

「やって来たあの二人は、はっきり旦那《だんな》さんと、古い付き合いだといいました」

「名は聞かなかったか？」

「いえ、それは……」

舵を取る彦作は額の汗をぬぐった。

権左は自分を捜すようなやつがいるだろうかと考えた。若い頃《ころ》つるんでいたものもいれば、友蔵一家にいたものもいる。何人かの顔が浮かぶが、泉屋に泊まっている自分を訪ねてくるとは思えない。それに、泉屋に宿を取っていたことを知っているものは、限られている。長兵衛に庄助、それに小桜だけだ。

その三人は泉屋に自分たちが泊まっていることを、他に漏らしてはいない。小桜は町で偶然見かけた人間じゃないかといったが、知っていればそのときに声をかけてきたはずだ。

「……ひとりは侍で、もうひとりは中間《ちゅうげん》のようななりをしていたんだな」

もう一度、彦作に声をかけた。

「へえ。そんなふうに見えました」

「……そうかい」

やはり町方だろうと思った。大野勇次郎を斬ったことで、アシがついているのかもしれない。それとも喜左衛門のほうか……。

「……ええい、くそ」

考えるのが面倒になった権左は、くわえていた藁を海に吐き出した。舟のなかにはそれぞれの刀が藁束の下に隠されていた。

「小桜、おまえがたらし込んだ善吉って野郎は、ほんとに縄梯子《なわばしご》を垂らしてくれてるだろうな」

髪をひっつめて、目と鼻しか見えないぐらいに頰被りしている小桜は、

「さんざん色目を使ってやったから、ちゃんとやってくれるよ」

そういって、小さく鼻を鳴らした。

「使ったのは本当に色目だけだろうな」

「その気になったようなことをいってやったさ。あの馬鹿、すっかりあたいのことを信じて、鼻血出しそうな顔してたよ」

小桜は楽しそうに笑った。

「手を出されちゃいるめえな」

「なにさ、あんた焼いているのかい？」

「馬鹿いえ。聞いているだけだ」

「ふん。素直じゃないね。そりゃずいぶんと焚《た》きつけてやったから、体を触りに来たよ。手を握ったり、尻《しり》を撫《な》でたりさ。だけど、それ以上のことはやらせちゃいないよ。……ほんとだよ」

権左は船に乗り込んだら、まっ先に善吉を殺そうと決めた。

三國丸まで四、五町の距離になった。停泊している三國丸は帆を下ろして、舷側に艀をつけていた。

「船頭、これ以上あの船に近づけるな」

「へえ」

応じた彦作は、船頭仲間の吉松《よしまつ》に声をかけた。

「吉松、この辺で待つってことだ。帆を下ろしたほうがいいだろう」

「ああ、わかった」

吉松の舟には、助っ人の平山と縫川と長兵衛が乗っていた。

権左は艀が去り、三國丸が出発準備をはじめたときを襲う腹でいた。こっちはみんな水夫のなりだから、船にいるものに声をかけてもあやしまれはしないはずだ。だが、それまでは自分たちの姿を、三國丸の船乗りにさらしたくなかった。

「旦那、ちょいといいですか？」

三國丸を眺めていた権左に彦作が声をかけてきた。

「なんだ」

「あの船に乗って何をするんです？」

「……気になるか？」

権左は彦作の目をじっと見た。

「だって旦那らは刀を隠してるでしょ」

彦作は藁の下にある刀をちらりと見た。

「ここまで来たんだから教えてやろう。あの船を襲うのさ。ただそれだけだ」

そういって、ふふっと、笑ったが、彦作は顔をこわばらせたままだった。図体はでかいが、度胸はないようだ。

「今さら引き返そうなんて思うんじゃないぜ。そんなことしたら、ここでおめえを殺さなきゃならねえ。それから船に乗り込んだおれたちを残して、ずらかっても同じだ。おまえの船宿はちゃんとわかっている。妙な考えは捨てることだ」

彦作は喉仏《のどぼとけ》を動かして、生つばを呑《の》み込んだ。

「船を乗っ取るんですか？」

「馬鹿いえ、あんなでけえ船をもらってもしょうがねえだろう。積んである金をいただくんだよ」

「それじゃ旦那らは盗賊……」

「怖じ気づいた顔するんじゃねえ。おまえも甘い汁が吸えるんだ。もっと嬉《うれ》しい顔をしねえか」

権左は彦作の頬をぺたぺたと撫でるように叩いた。

四

吉蔵は浜の漁師らと舟を借りる交渉をしていたが、なかなかうまくいっていなかった。それにほとんどの漁師舟は沖に出ており、浜に残っているのは帆のない平底舟ばかりであった。

「こうなったら舟を選んでいる暇はない」

音次郎はひとりの老漁師のもとに小走りに駆けた。この年寄りだけが、脈がありそうなことをいったのだ。

「ご老人、借り賃は弾む、おぬしの舟を貸してくれ」

音次郎は投網の手入れをしている年寄りに一分を握らせた。年寄りはしわだらけの手に収まった一分銀を眺めた。

「あんたら舟を漕いだことはあるのかね」

「舟漕ぎなら慣れている」

いったのは吉蔵だった。

年寄りは頑丈な体をしている吉蔵を眺めて、ゆっくり首筋の汗をぬぐった。それから一方を指さした。

「あれを使うといい。海は穏やかそうに見えるが、沖に行くとそうでもない。櫓と櫂《かい》をうまく使い分けるんだ」

「かたじけない」

礼をいった音次郎は年寄りの舟に走った。

舫《もや》いをほどいた音次郎と吉蔵は、舟を波打ち際まで押して行った。

「旦那、先に乗ってください」

吉蔵にいわれた音次郎は舟に体を投げ入れた。吉蔵は腰のあたりまで水に浸かって舟を押した。水に浮かんだ舟は、すうっと舳先を持ち上げ、横に流れるように動いた。

音次郎は手を差しのべて、吉蔵を舟のなかに引き入れた。吉蔵はすぐさま艫に体を移し、櫓を握り漕ぎはじめた。舟がぐうんと前に進んだ。

音次郎は彼方の海を眺めた。権左らの舟はすでに見えなくなっていた。帆を張った舟は風と潮の流れに乗れば、思った以上に速く進む。それに、権左らの使う猟舟に似たような舟はあちこちにある。もっともそれぞれはかなり離れているのではあるが、権左らの舟を特定するのは難しかった。

だが、権左らが品川沖に停泊している三國丸をめざしているのはわかっている。

「旦那、さっきの子は、浜西吉左衛門の倅《せがれ》で……」

「そうだ」

「どうされたんで……」

「気を落としてきた」

音次郎は晋一郎が気を失っているあたりを眺めた。人の姿は見えない。

「……敵を討ちに来たということは、旦那が生きていることを知っていたってことでしょうか。だが、どうやってそんなことを……」

「わからぬ。晋一郎は祖父からおれが生きていると聞いたそうだ」

「祖父から……」

吉蔵は舟を漕ぎつづけながら首をかしげた。

「……なぜ、知れたんだろう。旦那のことは誰にも漏れちゃいないはずなんですがね。よもや旦那、誰かに見られたのでは……」

吉蔵はじっと音次郎を探るように見た。

「それはわからぬ。だが、晋一郎に知られた以上、もはやそんなことはどうでもいい」

「そんなわけにはいきませんよ。旦那のことは秘中の秘なんですから。もしものことがあれば、囚獄もじっとしておれなくなります」

「吉蔵、その話はあとだ。今は権左らのことが先だ」

「たしかに……」

吉蔵は一心に舟を漕ぎはじめた。

ぎっしぎっしと櫓を軋ませる舟は、みよしで波を切りつづけた。

音次郎は彼方の海を凝視しながら、股立《ももだ》ちを取り、刀の組紐で襷をかけた。

灼《や》けついている砂の熱さで、晋一郎は目を覚ました。それでもしばらく動くことができず、わずかに頭を動かしてあたりを見まわした。佐久間の姿はどこにもなかった。

それから両手で体を支えるようにして、半身を起こした。

そのとき、佐久間ともうひとりの蝦蟇《がま》面が、海に舟を乗り入れているのが見えた。

逃げるのか……。

くっと口を引き結んで、その舟をぼんやりと見送ったが、すぐにこのまま逃がしてはならないと心の内で思った。さらに、頭の隅で誰かが自分にささやきかけていた。

——晋一郎、逃がすでない。敵を討つんだ。

祖父の声か父の声かわからない。

——逃がすな。おまえは男なのだ。やつを追うのだ。

幻聴かもしれなかったが、晋一郎はそんな声を聞いたのだった。その声に押されるようにして立ち上がると、佐久間を追うためにはどうすべきかと考えたが、すぐにその回答を見出《みいだ》した。

自分も舟で海に向かうのだ！

晋一郎は佐久間の舟を追うように浜を走りだした。ずっと遠くに数艘の舟が見えた。あれを使おう。他人に漕げるのだから、自分だって漕げるはずだ。

いつの間にか雪駄《せった》は脱げており、裸足になっていた。鷗の鳴き声と潮騒のざわめきが、自分の激しい息づかいと混ざり合った。

ときどき、佐久間の舟を目でとらえた。だが、その舟は徐々に遠ざかっている。

急がなければ逃げられる。

焦る心に合わせるように、晋一郎は必死に手足を動かした。

五

「よし、これが最後だ。揚げろ」

艀から最後の米俵が吊るされた。水夫たちは米俵に結《ゆ》わえられた一方の綱を、力を合わせて引っ張る。これより重いものは、結わえた綱を轆轤《ろくろ》で巻き上げて積み下ろしをする。

すでに揚げられた荷は、手の空いている水夫らによって船底に運び込まれていた。

「一休みしたら出発だ」

清兵衛は積み込まれた船の荷を叩きながら、まわりのものにいった。その間に、船長の源之助が出航準備に取りかかっていた。

甲板に上がると、多良伝兵衛が握り飯を頬ばっていた。この用心棒は体の大きさに合わせるように大食漢だった。

「伝兵衛殿、向こうに着いたら一俵ばかり担いで帰るといい」

「そりゃ願ってもない。江戸から積む米はうまいですからね」

伝兵衛は嬉しそうに指についた飯粒をねぶった。

「あとはのんびりした船旅になるだろう。腹が落ち着いたら下で休んだらどうだ」

「そうさせてもらいましょう」

いった伝兵衛は、水筒の水をぐびぐび音をさせて飲んだ。

「ともかく天気がこのまま持ってくれればいい」

清兵衛は晴れ渡った空を仰ぎ見た。

権左は三國丸から離れてゆく最後の艀を見送っていた。

「兄貴、もう大丈夫なんじゃ……」

同じように艀を見ていた庄助がいった。彦作はさっきから怖じ気づいた顔をしていた。それに落ち着きがない。権左はそのことが気にかかっていた。この男は図体だけがでかくて、心の臓は蚤《のみ》と同じなんだろうと思わずにはいられない。

「そろそろ舟を出すぜ」

「へ、へい……」

舵棒を手にしていた彦作は、亀のように首を突き出した。

「小桜、善吉って野郎はちゃんとやってくれるんだろうな」

「今こっちを見ているのがそうじゃないかと思うんだよ」

権左は小桜の視線の先を追った。甲板の縁に、ひとりの水夫が立っており、まわりの海を眺め回していた。舷側には網のような縄梯子が垂らされたままだ。

権左は縄梯子がそのままであることを祈った。

「よし、彦作。ゆっくり近づけろ」

権左は船頭と呼ばず、名前を呼んで命じ、

「そっちの舟もついてくるんだ。離れないようにしろ」

と、長兵衛らが乗っている舟を操る吉松にも声をかけた。

「へえ」

波はゆったりとうねっている。風はほとんどない。

三國丸との距離が一町ほどになったとき、碇が揚げられるのが見えた。同時に、下ろされていた白い帆がゆっくりと上げられていった。

しかし、艫と舳先に立てられている幟はだらんと垂れたままだ。ときどき、風にひらひら翻《ひるがえ》りはするが、すぐに萎《しお》れたようになった。

甲板にいる水夫らが動きまわり、帆を張る綱や、檣《ほばしら》を支える綱を締めにかかっていた。

「彦作、船の尻から近づくんだ」

そのほうが船のものらに気付かれにくいはずだった。やがて、三國丸が権左らの舟に尻を向けた恰好になった。

「小桜、善吉って野郎はうまくやってるようじゃねえか」

「だから、いったじゃないのさ」

「ま、上々出来ってやつだ」

権左が口辺に笑みを浮かべたときだった。

三國丸から声が聞こえてきた。

「おーい、それに小桜が乗っていないかァ！」

艫の床張《ゆかばり》にしがみついて身を乗り出している男がいた。

「おい、あいつがそうか？」

権左は小桜を振り返った。

「そうさ、あの薄のろさ」

「よし、頬被りを取って、嬉しそうな顔で手を振るんだ」

小桜はいわれたように手拭《てぬぐ》いを剝《は》ぎ取り、立ち上がって手を振った。

「善吉さん、わたしよ。わかる？　ちゃんと来たわよ」

「ほんとに来てくれたんだ。こっちだ、こっちだ」

喜色満面になった善吉は、しきりに身振り手振りで舷側にまわれといっていた。

「風が弱いし、向かい風だから間切《まぎ》るしかないですが、もう少し風を待ちますか？」

源之助が清兵衛のもとへやってきて告げた。間切るとは、向かい風に開いて進むことをいう。

「もう帆を上げたんだ。そのうち風も出てくるだろう、ゆっくりやろう」

「へえ、それじゃそういたしましょう」

源之助はそのまま舵取りに聞こえるところまで行って、声を張った。

「面舵、取り舵で行くぞ。ゆっくり間切って行くしかねえようだ」

「合点です」

舵取りが声を返した。

清兵衛が善吉に気付いたのはそのときだった。艫のほうでうろうろしているのだ。

「あいつ何をやっているんだ」

舌打ちをした清兵衛は、歩桁《あゆみ》のそばまで行って、

「善吉、何してやがる」

声に気付いた善吉が振り返った。まだ若い青年で、そそっかしいところがあるので、目の放せない男だった。

「ちょいと客を呼んであるんです」

善吉は照れたように白い歯をこぼした。

「客……？」

「へえ」

「なんだ、それは？　船はもう出るんだ」

「見送りに来てくれたんです。新川でちょいと知り合ったいい女なんです」

「何を考えているんだ。たわけが」

「顔だけ拝ましてくださいよ。せっかく来てくれたんです」

「馬鹿も休み休みいえ」

清兵衛はあきれる思いで、舷側の海を見た。猟舟がそばについていた。しかも二隻。それには水夫と思われる男たちが乗っていた。そのなかに水夫のなりをした女が立っ

て微笑んでいた。その白い顔が、日の光に照り輝いていた。たしかにいい女だと思った。だが、清兵衛は表情を厳しくして、

「危ないから下がっていろ。こっちの船に飛ばされるぞ」

という先から、三國丸の大きな船体が尻を振りはじめた。そのとき縄梯子がそのままになっているのに気付いた。

「善吉、縄梯子が垂れたままだ。揚げるんだ！」

「親爺さん、ちょいとだけ待ってくださいよ。下りて挨拶《あいさつ》してきますから」

「ならん！　たわけたことというやつがあるか」

清兵衛が怒鳴ると、善吉は亀のように首をすくめた。そのとき、下の舟から声がした。

「船主の清兵衛さんはいますか？」

声をかけたのは庄助だった。

「清兵衛はわたしだ」

清兵衛は首を突き出した。ひとりの水夫が立ち上がって、縄梯子に手をかけていた。危ないにもほどがある。だが、もう止める術はなかった。船はゆっくりではあるが、大きな体を動かしているのである。

「荒木屋の旦那から届け物があるんです。それを渡したいんです」

「なに、荒木屋の……」

荒木屋は取り引きしてきたばかりの大きな水油問屋だった。

「旦那が是非にもっていうんで、大急ぎで追いかけてきたんです。船に上がらせてもらえませんか」

「そんなこと……」

できるかと、いおうとしたが、途中で声を呑んだ。

「ええい、仕方ない。善吉、源之助のところへ行って船を止めるようにいってこい」

「へえ、そう来なくっちゃ」

善吉がいそいそと駆けていく間に、やってきた水夫たちが縄梯子にしがみついて登りはじめていた。気になったのは、その水夫たちが背中に藁束を背負っていることだった。

やがて尻を振っていた船がゆっくり動きを止めた。

「帆を半分下ろせ」

清兵衛は船が無闇《むやみ》に進まないように、近くにいた水夫に命じた。

六

「船は近い。急ごう」

音次郎は櫂を操っていた。すでに汗だくである。櫓を操る吉蔵も汗みずくになっており、息を切らしていた。

必死に櫂を漕ぐ音次郎の目に汗が入ってしみた。高く昇った日の光もまぶしいが、その光を照り返す海もまぶしかった。

音次郎は帆を上げた三國丸が、また帆を下ろしたのを見た。おかしな行動ではあるが、その三國丸の近くに帆を下ろした二艘の猟舟がいるのを認め、唇を嚙んだ。さらにその舟から縄梯子をつたい登っている権左らの姿も見えた。

二艘の舟には船頭とひとりの水夫が残っているだけだ。水夫は髪の形や体つきから小桜だとわかる。

「それにしてもやつらは何のために、あの船を……」

「千石船ですから、積み荷はともかく金がうなっているはずです」

「金を奪うってことか……大方そんなところだろうが……」

音次郎はぐっと奥歯を噛んで、力強く櫂を漕いだ。

「旦那、一休みしてください。あとはあっしがやります」

「頼む」

応じた音次郎は、大きく息を吐き吸い込んだ。

顎からしたたり落ちる汗が、ぽたぽたと舟板にあたって音を立てた。喉が渇いていたが、水の用意はなかった。


その頃、晋一郎も舟の上にいた。これも猟舟だったが、沖に出られる造りではなく、沿岸部で漁をする小さな舟だった。

舟は遊びで操ったことがあるだけだが、もともと運動能力のすぐれている晋一郎は、すぐに要領を得ていた。櫂は深く入れてはいけない、水面の下を掃くように浅く入れるのがいい。それから腕の力だけでなく、足を踏ん張り上半身を使って漕げば楽だった。

若いこともあって、芝浜沖に来たときには、すっかり舟を操るのに慣れていたばかりでなく、うねる波をどうやって漕ぎ抜けるか、そのコツさえつかんでいた。

滝のような汗を噴き出していたが、息も上がっていた。それでも歯を食いしばって佐久間の舟を追った。

その舟が見えると、晋一郎はさらに力強く漕ぎつづけた。

「こんなことで、こんなことで……」

目に汗が入って、視界が曇った。その目をこすると、日の光がまぶしかった。

「父上、力をお貸しください。父上、佐久間をついに見つけたのです」

晋一郎は譫言《うわごと》のようにつぶやいた。

すると、さっきと同じように誰かの声が聞こえてきた。

――晋一郎、無理を致すでない。引き返せ。無謀なことはやめるのだ。

「いやだッ！」

聞こえてくる声を振り払うように大声で否定した。

――時期を待て。慌てて深追いすれば、しくじるもとだ。舟を返すのだ。それから先に行ってはならぬ。

「誰だ？　誰なんだ？　父上ですか？　それともお祖父さんですか？」

体を動かしながら問い返したが、声はそれきり聞こえなくなった。

「父上なのですか……」

小さくつぶやいたとき、あの惨劇が脳裏に甦《よみがえ》った。

小者が佐久間が訪問してきたことを告げに来たのは、一家団欒《だんらん》の夕餉《ゆうげ》を終えたときだった。

「なに、佐久間が……」

酒を飲んでよい機嫌になっていた父が腰を上げて、玄関に向かった。晋一郎は茶を飲んだところで、自分の部屋に引き取ろうとした。そのとき、佐久間の怒鳴り声がして、立ち止まった。つぎの瞬間、物が倒れるような音がした。

はっとなり、いやな胸騒ぎを覚えた晋一郎は、居間を横切り土間口に出た。そのとたん、体が金縛りにあったようになった。なんと、父が佐久間に斬られて、肩から血潮を噴き出していたのだ。

返り血を浴びた佐久間の顔はまるで悪鬼のようだった。だが、佐久間は、父が両手で空をつかみながらのけぞり、そして前にのめったところに、とどめの刀を振り抜き、父の胴腹を斬ったのだった。

そばで母の大きな悲鳴があがったが、晋一郎は息を呑んだまま、何もすることができなかった。父を殺した佐久間はそのまま自分たち家族をひとにらみして、風のように消えていった。

ギイギイ、と軋む櫂の音で晋一郎は我に返った。

「……やはり引き返すことなどできない」

ぎりと、奥歯を嚙み、目を厳しくした晋一郎は、佐久間の舟に目を注いだ。その舟は近くにある大きな船に向かっていた。

それは晋一郎がこれまで見たこともない大きな船だった。

千石船か……。

七

「何もこんなに大勢で来ることはないだろうに……」

そういう清兵衛の目に警戒の色があるのを、権左は見逃さなかった。また、船室から出てくる船乗りの姿を目の端でとらえていた。

権左以下の四人は、三國丸の船乗りらと向かい合う恰好で立っていた。

「土産を持ってきたんですよ」

不遜《ふそん》な笑みを浮かべて権左がいったとき、

「おい、おれが下りていくから待っていな」

と、善吉が下の舟にいる小桜に声をかけた。

権左はそれが癇《かん》に障ったが、ぐっと堪《こら》えた。

「それで、荒木屋の旦那からの届け物というのは……?」

清兵衛が警戒の目を解かずに聞いた。

「今見せてやる」

権左はそういうなり、背中に背負っていた藁束を、一方に放り投げるや、中に隠していた刀を引き抜いた。刀身がぎらりと、陽光を弾いたつぎの瞬間、舷側から身を乗り出していた善吉の背中に一太刀浴びせた。

「ぎゃあ!」

善吉が身をのけぞらせ、ついで前に倒れ込んで船から落ちそうになったが、権左はその襟をぐっとつかんで甲板に引き戻した。海に死体を浮かべるのはまずかった。

背中を斬られ、甲板に引き戻された善吉は、独楽《こま》のように体を回転させた。そこへ権左はもう一太刀浴びせた。今度は肩から胸にかけての袈裟《けさ》斬りだった。

血飛沫《ちしぶき》が派手に迸《ほとばし》り、甲板を赤く染めていった。善吉は膝からくずおれて、手足をびくびく震わせた。

突然のことに清兵衛以下の船乗りたちは、凍りついたような顔になった。

「この船に積んである金をもらいに来た」

血刀を下げたまま権左は一歩踏み出した。清兵衛がそれに合わせて、一歩後退した。ついで大声をあげて船室に駆け込んでいった。

「盗賊だ！　盗賊だ！　出合え！　出合えィ！　伝兵衛殿！　伝兵衛殿！」

清兵衛は気が狂ったようにわめきつづけた。

そのとき、権左の仲間は全員刀を抜いていた。

甲板にいる船乗りたちは、いきなり現れた権左らに気圧《けお》されているのか、遠巻きに身構えているだけだった。半分下ろされている帆が、風に吹かれてはためいた。

「おめえら、命が惜しかったら、おれたちに逆らわねえことだ。妙な真似しやがったら、遠慮なくたたっ斬る！」

権左は甲板にいる船乗りらにいい聞かせるように声を張りあげた。

船乗りらは互いの顔を見合わせ、戸惑っている様子だ。

ばたばたと騒々しい音が船室から聞こえてきて、他の船乗りたちが出てきた。それぞれの手には、長脇差しや槍《やり》が握られていた。そのなかに用心棒の姿があった。巨漢だ。間近で見ると山のように大きな男だった。権左は一瞬怯《ひる》みそうになったが、すぐに気を取り直した。

「そこの木偶《でく》の坊、てめえが用心棒らしいな」

「何をッ」

多良伝兵衛は目を剝くと同時に肩を怒らせた。

「平山、縫川。おまえらの出番だ」

「なに、おれたちが……」

意外そうな声を漏らしたのは、縫川だった。権左はさっと、その縫川をにらんだ。

「てめえらはそのための助っ人だってこと忘れんじゃねえ」

縫川のこけた頰がぴくっと動いた。

「この船に下衆《げす》鼠《ねずみ》は一匹たりも乗せることはならぬ」

いかめしい面構えで身を乗り出してきたのは、船長の源之助だった。権左はその源之助をにらんだ。左目下の皮膚をひくつかせ、口をねじ曲げた。

「てめえ、下衆鼠といったが、いってえ誰のことでィ」

「ふん、おまえらに決まっておろう」

「……死にてえのか」

権左は血刀を一振りして、一歩前に出た。

「兄貴」

と、長兵衛が引き留めた。それで少し心を落ち着けることにした。

「無駄な血は流したくねえ。おれたちの望むことを叶《かな》えてくれるなら、互いに怪我はしなくてすむというもんだ」

「な、何が望みだというんだ。金ならびた一文渡せない。おまえらのほうこそ、馬鹿な考えは捨てて、とっとと船を去ることだ。そうしなきゃ、無事ではすまされないぞ」

清兵衛だった。

「ほう、そうかい。無事にすまされねえってことはどういうことだい？　おれたちゃ何がなんでも、力ずくでも金をもらって帰らなきゃならねえんだ。四の五のいわずに、おとなしく金のありかを教えることだ」

「おとなしく聞いてりゃ、ちょこざいなことを、いけしゃあしゃあとぬかしやがる。さあ、とっとと失せろ！」

用心棒の伝兵衛がさらりと刀を抜いた。体に合わせたような大刀だった。権左はわずかに身を引いたほどだ。

「仕方ねえ。話はわかってくれねえようだ。こうなったからには、てめえらの命はこの荒神の権左がもらい受けた。心してかかってきやがれッ」

権左は握っている柄に、ペッとつばを吐くと、多良伝兵衛に刀の切っ先を向けた。

「平山、縫川。助《すけ》を頼んだぜ」

そういうなり、権左は前に飛ぶと同時に、腰間から刀をすくい上げた。

第七章　償い

一

　三國丸はその大きな体をゆっくり動かしていた。それは船尾を振るように、左に回っているのだった。風が出てきたせいで、半分だけ下ろされた帆がその動力源になっているのだ。船が左に回るのは、舵《かじ》が一方に切られたままだからだった。

「吉蔵、もう少しだ」

「へい」

　吉蔵は最後の力を振り絞るように、ぐいぐいと櫓《ろ》を漕《こ》いだ。全身汗びっしょりで、紺着も股引《ももひき》も汗で濡《ぬ》れている。

　音次郎は三國丸をにらむように見ていたが、その船が近づくにつれ船上の人の動きは見えなくなった。

「吉蔵、気をつけろ」

近づくに従い、三國丸の作る波が高くなっていた。また三國丸自体が尻《しり》を振りながら、回転しているので無闇《むやみ》に近づけば、衝突の恐れがあった。こっちは小さな舟である。離れたところからではわからないが、三國丸に近づくと、その巨大な船が動くことによって生み出す力には圧倒される。まるで大きな山が動いているように見えるのだ。

現に、権左らを運んだ二隻の猟舟は難を避けるために、三國丸から離れつつあった。

「あんたら、何してんだよ！　あの船から離れンじゃないわよ！　戻すんだよ！」

叫ぶように怒鳴っているのは小桜だった。

「そばにいたら危ないんです。死んでもいいならそうしますが、あの船の波に巻き込まれたらどうするんです！」

船頭の彦作も必死に叫び返していたが、近づく音次郎の舟に気付いて目を丸くした。

「……これは……」

と、声を呑《の》んだ。

「彦作、やつらは船だな」

「へ、へえ。でも、旦那《だんな》も……」

「おまえは権左の仲間になったのか？」

吉蔵が舟を近づけたので、彦作との距離は二、三間になった。

「いえ、あっしは船頭として雇われただけです。送り迎えをするだけです」

「やつが何者か知ってるのか？」

「と、盗賊では……」

「ちょいとあんた、一体なんだい？　横から首突っ込んでくるんじゃないよ」

彦作を遮って小桜が目を三角にしてにらんできた。音次郎は無視した。

「やつらは人殺しだ。これ以上関わるんじゃない」

「ひ、人殺し……」

彦作は日に焼けた顔にある目を、ぱちくりとしばたたいた。

「関わっていれば、いずれおまえも殺される。ともかく離れていろ。どうなるかわからぬが、この近くで待っていてくれぬか」

「……へ、へい」

要領を得ない顔で答えた彦作は、櫓を漕いで離れていった。仲間の舟にも何か声をかけていた。小桜が狂ったように、音次郎と彦作を罵《ののし》っていた。

「吉蔵、あの縄梯子《なわばしご》の下につけるんだ」

音次郎は舟縁にしがみついて縄梯子を見つめていた。三國丸に近づくにつれ、波が大きく盛り上がった。船尾のほうは白く泡立ちながら渦を巻いていた。

「旦那、落とされないでください」

舟を操る吉蔵が注意を喚起する。

「わかっている、早くつけろ」

三國丸まであと少しだった。音次郎は縄梯子に手を伸ばした。舟が波にあおられるのでつかめそうでつかめない。波飛沫《なみしぶき》が顔にかかった。

「吉蔵、もう少しだ」

大声で指図する口にも潮水が入った。舳先《へさき》が上下する。縄梯子もゆさゆさ前後左右に揺れていた。

音次郎は必死で手を伸ばし、指先を動かした。縄をつかみさえすれば何とかなる。もう少しだ、もう少しと頑張った。指が縄に触れたつぎの瞬間、音次郎は縄梯子の一端をがっちりつかんだ。

「よし、吉蔵。舟が流されないように、つないでおけ」

「承知です」

返事を聞いた音次郎は、刀を背中にまわして縄梯子を登りはじめた。

二

権左は三國丸の用心棒・多良伝兵衛に往生していた。

何しろ伝兵衛は恐ろしいほどの力業で押してくる。振り抜かれる刀は、ぶうんと風を切ってうなり、目標を失った刃は深く舷側《げんそく》の厚板に食い込んだ。

そこをついて権左は撃ち込むのだが、伝兵衛は怪力で板に食い込んだ刀を抜いて弾き返してくる。権左はその勢いで背後に数間吹っ飛んで、米俵に背中をぶつけた。

「平山、縫川！　他のやつはあとだ、こいつを先に何とかしろ！」

船上は敵味方入り乱れての騒乱状態になっていた。

長兵衛と庄助は長脇差しを振りまわしながら、船室に向かおうとしていたが、長脇差しや鳶口《とびぐち》を持った水夫《かこ》らが、必死で阻止して押し返していた。

平山と縫川も戦っているが、相手をする水夫にも剣の覚えがあるらしく、なかなか苦戦している。それも慣れない船の上だから、体の均衡を保つのがなまなかでない。

対する船乗りらは、その辺に慣れているので、用心棒の平山や縫川らと互角に戦うことができた。

轟音《ごうおん》をうならせて、伝兵衛の刀が振り下ろされてきた。

汗と冷や汗の両方をかいている権左は、その凶刃をどうにかくぐり抜け、背後にまわった。転瞬、伝兵衛の広い背中に一太刀浴びせた。

だが、足が滑って空を切ったばかりでなく、甲板に転がって、舷側の矧付《はぎつけ》に頭をしたたかに打ちつけてしまった。頭がくらっとして、視界がぼやけた。

巨漢の伝兵衛が迫ってくるのがわかる。しくじってしまったかと、強く後悔したが、なぜか伝兵衛の姿が視界から消えてしまった。

縫川が横合いから伝兵衛に撃ちかかったからだった。

「縫川、そいつはおまえにまかせる！」

頭を振って立ち上がった権左は、ふらつきながら船主の三國屋清兵衛はどこだと、目を光らせた。甲板にその姿はなかった。

船倉の入口では長兵衛が、槍《やり》を繰り出してくる水夫に往生していた。庄助は二人の水夫に、艫《とも》に近い歩桁《あゆみ》のあたりまで追いつめられていた。

「くそ、手を焼かせやがって……」

権左は清兵衛捜しを後まわしにして、庄助を助けに行くことにした。

半分下ろされている帆が、風をはらんで大きくふくれた。直後、船が大きくかしいだ。足を取られそうになった権左は、思わず垣立《かきだつ》にしがみついた。

「くそ、なんてことだ」

ぶつくさ小言をつぶやきながら、庄助を追いつめているひとりの水夫の肩に、思い切り一太刀浴びせた。

「ぎゃあ!」

斬《き》られた水夫は血潮を噴き出し、床に転がって七転八倒した。すぐにもうひとりの水夫が、権左に気付き、刀を突き出してきた。権左はそれを打ち払うと、腰のあたりを斬りつけた。どすっと、鈍い音がしたが、それは帯を叩《たた》いたに過ぎなかった。

だが、逃げ腰で追いつめられていた庄助が、その水夫の脇腹を突き刺した。

「ぐぐっ……」

不意をつかれて刺された水夫は、苦しそうに口をねじ曲げると、そのまま膝《ひざ》から崩れ落ちた。

「庄助、金だ。金のありかを探すんだ。おまえはそっちを先にやれ」

「へ、へい。わかっておりやす。で、兄貴は?」

「おれは船主か知工《ちく》を捜して、やつらの口を割ることにする。もたもたするな、行け」

そうどやしつけた権左も、甲板の下にある船倉に向かった。

音次郎はようやく縄梯子を登り切り、一息ついた。下を見ると、吉蔵が登ってくるところだった。縄梯子につながれた小舟は、舟板をごつんごつんと三國丸の頑丈な舷側にぶつけながら激しく揺さぶられていた。その間も、三國丸は一方向に回転しつづけていた。

音次郎は刀を抜いて、いよいよ甲板に転がり込もうとした。そのとき目の端で近づいてくる小舟を見て、ぎょっとなった。

何ということだ。晋一郎がたったひとりで舟を漕ぎながらこっちに向かって来るではないか。来るなと声を張っても、およそ届きそうな距離ではないし、聞きもしないだろう。

音次郎は舌打ちをして甲板に躍り込んだ。

そのつぎの瞬間、戦場のような死闘が繰り広げられているのを目のあたりにした。ある程度予想していることではあったが、さすがに目を瞠《みは》ってしまった。足許の甲板は血の海になっており、死体がいくつも転がっていた。

新川の旅籠《はたご》であった巨漢の多良伝兵衛が、大刀を振りまわしてひとりの男と闘っていた。

その男は瘦身《そうしん》であるが、剣の腕はたしかだ。音次郎はその太刀筋を見ただけで、大体のことはわかる。ただ、揺れる船の上なので思うように自分の技が使えないようだ。

「狼藉者《ろうぜき》！　神妙にいたせッ！」

音次郎が大喝すると、瘦身の男が振り返った。すでに音次郎は間合いに入っており、さらに詰め寄って、男の首筋に剣先を突きつけていた。

「貴様、権左の仲間だな」

「て、てめえは……」

「おまえのようなやつに名乗るほどの名はない。目当てはなんだ？　金か？」

「……く、くっ」

瘦身の男は縫川である。縫川は反撃できない状況に、歯嚙《はが》みをした。

「たしか、貴公は……新川の宿に見えた佐久間殿」

伝兵衛が大きな肩を激しく上下させながらいった。

「清兵衛さんらは……？」

「おそらく船室だろう」

「それで、こやつらの頭はどこだ？」

伝兵衛は頭を動かして、さっきまで自分と戦っていたのだがといった。と、そのとき縫川が音次郎の意表をついて、横に飛びすさって離れた。それを阻止しようとした伝兵衛の大刀がうなった。だが、縫川が足を滑らして尻餅《しりもち》をついたがために、伝兵衛の刀は一本の綱を断ち切っていた。

その綱は帆を上げ下ろしする水縄であった。切られた水縄は、蛇のような動きをして、するすると上下に分かれてしまった。天に昇るように上がっていった水縄の一端は檣《ほばしら》の最上部にある滑車に絡まってそこで止まった。さらにもう一本は他の綱に絡まり、ぎゅっと引き締められた。

どうしてそうなるのか、音次郎にはわからなかったが、半分だけ下りていた帆が、急に上にあがって大きく風をはらんだ。

船がぐうんと大きな動きをして、さがりを付けた船首を、一瞬だけ持ち上げた。音次郎は立っていることができずに、そばに積まれていた箱にしがみつかなければならなかった。

ぶちっ。

奇妙な音を立てて切れたのは、帆の左下部を引っ張っていた脇取綱だった。これが切れたがために、左下半分の帆布《はんぷ》がばさばさと風に翻った。

船はさっきより速く動きはじめていた。音次郎は体の均衡を取り戻すと、床に転んだ縫川に迫った。だが、縫川も身を挺《てい》して斬り込んできた。

「どりゃあ！」

気合と同時に、縫川の斬撃《ざんげき》が音次郎の右肩に振り下ろされてきた。音次郎はぐっと歯を食いしばり、相手の刀が自分の身を斬る一瞬前に、体を左に開きながら愛刀・左《さ》近国綱《こんくにつな》を斜め上に振り抜いた。

「……ぐっ」

胸を断ち斬られた縫川の体がゆっくり、前にのめって倒れた。

「旦那！」

吉蔵がそばにやってきた。

「おれは権左を仕留める。おまえは船のものたちに加勢をするのだ」

いうが早いか、音次郎は船室に駆けた。

三國丸の船乗りたちと権左らの見分けは容易である。権左らは誰もが水夫《かこ》のなりをしている。対する船乗りたちは、自前の着物である。

船室に下りる階段に足をかけたときだった。横合いから鋭く打ちかかってくるものがいた。音次郎はとっさに身を引き、その刀をかわし、片膝《かたひざ》立ちで青眼に構えた。

「おまえは誰だ？」

不意打ちをかけてきた男が、喉《のど》の奥から声を絞った。

三

三國丸の船腹が間近に迫ったとき、晋一郎の操っていた舟が大きく波にのけぞった。そのせいで振り落とされそうになった。櫓を放り投げて、必死に舟板にしがみついたが、つぎの瞬間、強い衝撃があった。

舟が三國丸に激突したのだ。晋一郎はその反動で、舟から振り落とされた。だが、伸ばした手が運良く縄梯子の一端をつかんでいた。

晋一郎は頭まで水に浸かっていたが、縄をつかんだ腕に渾身《こんしん》の力を込めて、自分の体を水面に上げた。それから大きく息を吸って、縄を登りはじめた。

途中まで行ったとき、自分の乗った舟が水浸しになって沈みはじめたのを見た。さらに、縄梯子につないであった別の舟――これは音次郎の舟だ――が、三國丸の船板に何度もぶつかったせいか、ばらばらと壊れはじめていた。

まず艫板が外れ、櫓と櫂《かい》が流され、舟底の板がめりめりと破れた。音次郎と晋一郎の舟は使い物にならなくなった。

だが、晋一郎はそんなことにはかまっていなかったし、その余裕もなかった。ただ、ひたすら父の敵を討つために、佐久間音次郎を追うしかないのだ。

祖父はいった。

――晋一郎、いざとなれば刺し違えても、父の無念を晴らすのだ。

晋一郎はそのつもりでいた。不安定に揺れる縄梯子にしがみつくようにして、ただひたすら甲板をめざした。

白くて大きな帆の先にある太陽が、ぎらぎら輝いていた。

長兵衛は槍で刃向かってきた船長《ふなおさ》の源之助を追いつめていた。

「爺、もうじたばたしても無駄だぜ」

「何をこしゃくな。おまえらのような下衆に負けてたまるかッ」

源之助は水樽《みずだる》の横にあった汲《く》み桶《おけ》を長兵衛に投げつけた。長兵衛はそれをかわした。

そこへ、源之助が槍を突き出してきた。だが、長兵衛はあっさりかわした。すると、源之助は竈台《かまだい》の上にある鉄鍋《てつなべ》を投げてきた。ひとつでは足りずに、二つ、三つと投げつけてくる。だが、それで終わりだ。

飛んでいった鉄鍋は壁にあたるか床に落ちるだけだった。それでも、長兵衛がそっちに気を取られる一瞬の隙《すき》をついて、

「エイッ、ヤッ」

源之助が気合を入れながら槍を繰り出してくる。

しかし、繰り出される槍にはもはや力がなかった。源之助は体力を消耗しているらしく、ぜえぜえと息を喘《あえ》がせ、肩を上下させていた。

源之助がもうひとつ繰り出してきたとき、長兵衛はその槍先をいともあっさりと払った。

「そこまでだぜ、爺さん」

「殺すなら殺せ！」

源之助が怒鳴るようにわめいたとき、長兵衛は袈裟《けさ》懸《が》けに刀を振り切った。

口の端にあぶくのような唾《つば》を溜《た》めた源之助は、よろっと足を崩し、板壁に頭を打ちつけて横に倒れた。

「くそ、手こずらせやがって……」

長兵衛は首筋の汗をぬぐって、船倉をめざした。船倉には積み荷がぎっしり収まっ

ている。長兵衛は船を燃やして沈めるために、船倉の下に火をつけるつもりだった。

音次郎に撃ちかかってきたのは、三國丸の舵取りだった。

「それじゃあんたは、わしらの味方……」

「おれはこれに乗り込んできた賊を討ち取りに来ただけだ」

「そうだったのか……それじゃ早くそうしてください」

舵取りはほっと安堵《あんど》のため息をついていったが、すぐに張りつめた顔になった。

「船の動きがおかしいんです。どうにかしなきゃなりません」

「ならばそうしてくれ。さっき帆につながっていた綱が一本断ち切れた」

「なんですって」

舵取りは目を瞠《みは》って驚いた。

「ともかくこの船を守るために、賊を押さえる」

「賊の頭《かしら》はあっちの船室に入っています」

舵取りはそういうなり甲板に駆けていった。

音次郎は教えられたほうを見た。舵取りの指した船室の扉は開け放されていた。

そっちに行こうとしたときだった。

「佐久間、見つけたぞ！」

と、いう声がした。振り返ると、晋一郎が仁王立ちになっていた。

「ここまで来るとは……。晋一郎、今はおまえにかまっているときではない。わたしとおまえのことはあとまわしだ」

音次郎は晋一郎に背を向けた。

「逃げる気か？」

晋一郎が恫喝《どうかつ》するように叫んだ。

どーん、という大音響がしたのはその瞬間だった。直後、船が激しく揺れた。

音次郎は舷側の壁に肩をぶつけた。晋一郎を見ると、四つん這《ば》いになっていた。

「なんだ、今のは？」

あたりを見たとき、煤《すす》だらけになり這うようにして船倉から上がってきた男がいた。

「ば、爆発しちまった。はぁ、はぁ、はぁ……」

男は両手で空を掻《か》くようにしてよたよたと歩き、その場に倒れた。音次郎はその男に近づくと、襟首をつかんだ。

「爆発したとはどういうことだ？」

「へへッ、見ねえ面だな。この船はもう終わりだ。爆薬を仕掛けていたら失敗しちまって、爆発しちまったんだよ。船倉は火の海さ」

「なんだと……」

音次郎は目を瞠った。船底から黒い煙がもくもくと湧《わ》き出していた。

「無礼者ッ、何をする！」

その声は晋一郎だった。

はっとなって音次郎が、そっちを見ると、男が晋一郎の首に腕をまわして刀を突きつけていた。

「てめえ、おれの仲間を殺しやがったな」

男がぎらつく目を向けてきた。

この男は権左が助っ人で雇った用心棒のひとり、平山だった。顎《あご》から耳許まである無精髭《ぶしょうひげ》が汗に濡《ぬ》れていた。

「おまえも権左の仲間だな」

「てめえには関係ねえことだ。邪魔立てはさせねえぜ。刀をこっちによこしな、さもなくばこのガキの首をばっさり掻っ斬ってやる」

平山は、ふふふと、髭に覆われた口の端に笑みを浮かべた。捕まえられ刀を突きつけられている晋一郎は、恐怖に怯《おび》えていた。気丈な目も、今は弱々しい。

「その子に手を出すな」

「だったらおとなしく刀を捨てるんだ。おらッ」

平山は晋一郎の首を絞めた。晋一郎の顔が苦しそうにゆがんだ。

「わ、わかった」

音次郎はゆっくり腕の力を抜き、手のひらを開いた。愛刀の左近国綱が足許に落ちて音を立てた。そのとき、壮絶な悲鳴が船室から聞こえてきた。

「ぎゃあー！」

音次郎はそっちに目を向けた。と、船室前にもくもくと湧いていた黒煙のなかに、蛇の舌のような炎が混じった。

四

三國丸の会計担当である知工《ちく》を斬った権左の目は、かっかと燃えるように赤く血走っていた。斬られた知工は、血が噴きこぼれる傷口を押さえながら転げまわったが、一方の壁にぶつかったところで、四肢をびりびり痙攣《けいれん》させた。その目は虚ろになっており、血で真っ赤に染まった顔からは生気が失せていた。

「さあ、いいやがれ。金はどこだ？」

権左はさっと、刀の切っ先を清兵衛に向けた。

尻餅《しりもち》をついている清兵衛は、足で床を蹴《け》るようにして後ろに下がった。やがて、そこだけ畳となっている自分の部屋に飛び込むなり、ぴしゃりと板戸を閉めた。

「あきらめの悪いふざけた野郎だ。いわねえかッ！」

権左は閉められた板戸を激しく蹴った。

板戸は思いの外頑丈《がんじょう》で、蹴破るのに手間取った。だが、板がベリッと破れると、あとは苦もなかった。汗をしたたらせ、悪鬼の形相になった権左は、血刀を振るって、船主の畳部屋に躍り込んだ。

「いえッ、いわねえか！」

ビュッ、ビュッと、刀を鋭く振って清兵衛の襟をつかんだ。清兵衛は猫に追いつめられた鼠《ねずみ》同然だったが、気丈な目で権左を見返した。

「貴様のような外道にはびた一文渡せるか。金はわたしが、いやこの船に乗っているものたちみんなで汗水流して、それこそ血の出るような思いをして稼いだのだ。命がけで航海をする船乗りたちのものだ。貴様にはそんな苦労などわかるまい」

「うるせえッ！　そんなご託《たく》を聞いてるんじゃねえ！」

権左は柄頭で、清兵衛の顎《あご》を叩いた。ガツンと鈍い音がして、清兵衛の唇の端が切れて血がしたたった。

「殺したければ殺せ。どんなに脅されてもわたしは絶対におまえには屈せぬ」

「な、なんだとぉ」

権左は腹の底から湧き上がる怒りを鎮めることができずに、清兵衛の胸を蹴った。

「いわねえかッ！」

そのまま斬り殺したいところだったが、金のありかがわからない以上、それはできなかった。だが、残忍な考えが、ふっと頭に浮かんだ。

「よし、こうなったらおめえはひと思いには殺さねえ。地獄の苦しみを味わいながら果てるんだ。まずは……」

権左は刀をさっと振り上げた。直後、清兵衛の左耳がぽとりと落ちた。

斬られた清兵衛は一瞬、何が起きたのかわからない顔をしたが、自分の片耳がなくなったのを知って、大いに慌てふためいた。

「つぎは耳じゃねえぜ。目をつぶすか、それとも鼻を削ぎ落としてやるか……さもなくば、指を一本一本切り落としてやるか……ふふ。そうされたくなかったらいわねえかッ！」

鬼の形相で怒鳴ったとき、船倉でまた大きな音がした。

今度はどーんと、突きあげるような衝撃があった。権左は横の壁に肩をぶつけた。それから背後を振り返って、ぎょっとなった。もくもくと湧いている黒煙が、船室に忍び入ってきていた。さらに、その向こうには炎も見えた。

二度目の大きな大音響と衝撃で、音次郎は横の壁に飛ばされ、さらにその反動で積み荷の木箱に体をぶつけた。とっさに身を立て直したが、晋一郎を人質に取っていた平山の姿が消えていた。目の前には霧のような煙が立ち込めている。

「晋一郎!」

音次郎は腹の底から声を絞り出した。返事はなかった。そうだ、刀だと思ってあたりを見まわした。刀は積み荷の米俵の間に滑り込んでいた。

音次郎は腹這いになってそれを取るしかないが、なかなか上手くいかない。肩さえ入れれば、指が届くのだが、それがうまくいかない。立ち上がって米俵をどけることにした。そんな暇はないはずだが、手に武器がないとどうしようもない。

渾身の力で米俵を押し倒した。ひとつがごろんと横に倒れ、ごろごろと転がっていった。同じように三つの俵を押しのけて、ようやく刀を拾うことができた。

そのとき、煤だらけの顔でさっきそこに倒れていた男の姿がないのに気付いた。音次郎は一度甲板に駆け戻った。

強い日射しと爽《さわ》やかな海風を頬《ほお》に感じると同時に、唖然《あぜん》と目を見開いた。甲板には船乗りたちの死体が転がっていた。晋一郎の姿もない。さらに、吉蔵もどこに行ったのか、さっきから姿が見えなかった。

舷側にしがみついて、海を見た。彦作ともうひとりの船頭の操る猟舟が、一町ほど離れたところに浮かんでいた。舟のすぐ下をのぞいたが、人の姿はない。だが、自分が乗ってきた舟がほとんど残骸《ざんがい》と化しているのを知った。

何ということだ……。

胸中でつぶやきを漏らして、もう一度あたりを見まわした。

大の字になって死んでいる多良伝兵衛の姿があった。三國丸の用心棒だ。伝兵衛は、口を半分開け、惚《ほう》けたような顔で天を仰いでいた。もちろん瞳孔《どうこう》は開き、息もない。背後から襲われたらしく、後ろ首に深い傷があった。あたりの甲板はそのせいで真っ赤に染まっていた。

「おい、ここだぜ」

音次郎は不意の声に振り返った。

船には櫓を横にしたときに支えて収める「斜柱《しゃだつ》」と呼ぶ柱が三本ある。声は舳先に近い斜柱の近くでした。そこに平山の姿を見たが、音次郎は晋一郎が斜柱につながれているのを知り、歯軋《はぎし》りをするように奥歯を嚙んだ。

「てめえらは邪魔者だ。もうひとり、蝦蟇《がま》面がいたが、やつはどこへ行きやがった」

平山が不敵な笑みを浮かべていった。

風を孕《はら》んだ帆は脇取綱が切れているので、ぱたぱたと音を立てていた。船は弧を描くようにまわっているが、その速度が上がっている。

音次郎は足許に気をつけながら、ゆっくり歩を進め、猛禽《もうきん》のような眼光で平山を見据えた。晋一郎は泣きそうな顔になっていた。

「その子から離れろ。おまえの相手はおれがする」

「こしゃくなことを……」

「どうせ弱い者いじめしかできぬ与太者《よたもの》だろう」

「なにッ」

挑発すると、平山はまなじりを吊《つ》り上げた。

「よし、勝負してやる。来やがれッ」

平山が横に渡してあるかっぱ板を蹴って跳躍した。大刀を上段に振りあげ、そのまま音次郎の脳天めがけて振り下ろしてきた。音次郎は半間ほど飛びすさり、平山が着地したと同時に、脇構えの体勢から刀を振り下ろした。

ガツッ。

平山は刀を横にして、音次郎の必殺の剣を受け止め、そのまま鍔《つば》迫《ぜ》り合いの形になると、すごい力で押し上げてきた。音次郎は押された。一尺、また一尺と後退する。血に濡れた甲板で足が滑りそうになる。

平山は厚ぼったい口をねじ曲げ、低くうなりながら押してくる。音次郎は渾身の力で押し返すなり、体を横に開いて、平山の肩口めがけ刀を振った。だが、弾き返された。

さらに、平山は寸胴《ずんどう》な体には似合わない俊敏さで、突きを入れてきた。左右にかわすことはできなかった。また、下がれば相手の攻撃を連続させることになる。そうなれば劣勢になる。攻めは最大の防御である。

音次郎は鋭く突き出された平山の刀を、間一髪のところですり上げた。平山の目に驚きの色が走った。その刹那《せつな》、音次郎は右足を大きく踏み込み、平山の胴を抜いていた。

どすっと、鈍い音がした。平山の体が前に傾いた。それでも平山は倒れまいと持ちこたえた。

「うぬっ……」

両目を大きく剝《む》いた平山が右手で刀を振り上げた。だが、そこまでであった。音次郎はすかさず平山の肩口にとどめの一撃を見舞った。

平山はそのままうつ伏せに倒れて動かなくなった。

「晋一郎」

音次郎がさっと、晋一郎を見たとき、吉蔵の声が被さった。

「旦那」

「どこに行っていた?」

「船倉です。火を消しに行ったんですが、もう無理です。この船は燃えます」

吉蔵が声を返してきたとき、さっきの煤だらけの男が、煙のなかから現れ、吉蔵に撃ちかかった。吉蔵は相手の刀を弾き返して、声を張った。

「旦那、権左は船室にいます。あやつをお願いします。船主の清兵衛さんもそこです」

「なにッ」

音次郎は柱につながれている晋一郎を見た。

「晋一郎、待っておれ。すぐ助けにゆく」

五

甲板から船室に行くには、一段低くなった甲板に下りなければならない。だが、その前進を阻むように大量の煙が渦巻き、炎が燃えさかっていた。

音次郎は腕で顔を防ぐようにし、袖口《そでぐち》で口を覆って進んだが、二間も行けずに後戻りをした。この先はもう劫火《ごうか》に包まれているかもしれない。権左はとても生きてはおれぬだろう。だが、船主の清兵衛がいることを思えば、引き返すわけにはいかなかった。もし、生きているなら見殺しにはできない。

音次郎は何かよい方法はないかと、視線をめぐらした。そのとき、右舷の壁際に四角い水樽があるのを見た。すぐにそっちに駆けてゆき、全身に水を被った。……三杯、四杯、五杯で、頭から爪先までずぶ濡れになった。

床下の船倉から不気味な音が何度もした。板の隙間からも細い煙が漏れ昇っており、熱せられた床は熱くなっていた。

水を被った音次郎は、口を真一文字に引き結んで、煙と炎のなかに突入した。視界はあっという間に遮られた。それでも、音次郎は目を開けていた。煙にしみる目からは涙がぽろぽろこぼれた。

しばらくゆくと、そこだけ別世界のように視界が開けた。船室にある畳部屋だった。誰かが倒れていた。その顔がこっちを見ている。

新川の旅籠で会った三國屋清兵衛だった。片膝をついて声をかけようとしたが、すでに息絶えていた。だが、畳部屋の奥に人の影があるのに気付いた。

「権左か……」

さっと、権左が振り返った。

「てめえは……?」

そういった権左は、山吹色の小判を両手にすくい取っていた。

「おまえの企みももはやここまでだ。観念しろ」

「うるせえ、引っ込んでいやがれ」

権左は両手の小判を金箱に戻した。

ジャラッと、金音がしたそのつぎの瞬間、権左は「かいのくち」という窓を引き開けると、金箱を外に放り、自分もその窓をくぐり抜けた。

何とも身のこなしの軽い男で、それはあっという間のことだった。

音次郎は素速く追ったのだが、すんでのところで窓は、ぴしゃりと閉ざされた。強引に押し開けようとしてもビクともしない。背後を見ると、炎が逆巻いていた。颪を孕んだ炎は、ごおっと不気味な音さえ立てた。もう一度窓を開けようとしたが、無理だった。音次郎は決死の覚悟で、もう一度火と煙のなかに飛び込んだ。

異臭が鼻をつき、あちこちの皮膚が焼けるのがわかった。悲鳴を上げることもできず、音次郎はひたすら前へ前へと進んだ。

煙と炎を脱出すると、そのまま前に飛ぶようにして倒れ、激しく咳《せ》き込んだ。それから新鮮な空気を思い切り吸い込み、膝からゆっくり立ちあがって、甲板に出た。

金箱を抱えた権左が、舷側から身を乗り出し、何かをさかんに叫んでいた。彦作らを呼び戻そうとしているのだ。

甲板の端では吉蔵が、煤だらけの男――これは長兵衛である――と刀を交えていた。

音次郎は晋一郎が無事であるのをたしかめると、権左のもとに駆けた。

「そこまでだ権左。あきらめろ」

振り返った権左がぎらついた目で振り返った。

「いったい、てめえは……」

音次郎は一歩進み出て静かに声を発した。

「冥府《めいふ》より遣われしもの、佐久間音次郎。貴様を討ちに来た」

「何だと？」

権左は金箱を足許に置いた。

「亀戸村の名主一家を皆殺しにしたのは貴様だな」

「……なにッ」

「喜左衛門一家を殺したのは貴様なのかと聞いているのだ」

「おう、おれだ。それがどうした！　可愛い妹をなぶられて、黙っておれるかってんだ」

「……貴様の母御は嘆いていたぞ」

「あの婆は気が狂ってやがるんだ。嘆くものか」

「そうであろうか……それにしてもひどいことをするやつだ。私欲のために船を襲い、その挙げ句船乗りらを皆殺しにするとは……この世の慈悲はどうなっているのだ」

「何をほざきやがる。邪魔者には死んでもらうだけだ」

権左は素速い身のこなしで、刀を横殴りに振ってきた。息を整えていた音次郎は、その一撃をいなすなり、迅雷《じんらい》の早技で反撃に転じた。

だが、権左は半身をひねってかわし、自分の間合いを取った。音次郎は慌てずに、静かに詰め寄った。裸足で甲板の板目を感じつつ、少しずつ進む。

「亀戸村の五人組のひとり米助を罠《わな》にかけたのも貴様なのだな」

「米助……ああ、あの唐変木《とうへんぼく》か……殺しの咎《とが》をなすりつけるには手頃《てごろ》なやつだったからな。あっさり引っかかりやがったよ。へへっ、馬鹿はどうしようもねえな」

脇構えになった音次郎の腹で、憤怒がぐつぐつと煮え立った。

「米助の娘を攫《さら》ったのも、つまりはおまえの仕業ということだ」

「生きるにゃ、頭を使わなきゃならねえだろう」

「百姓の玄造殺しもおまえがやったのだな」

「なんでなんでェ、こんなところでそんなことをくっちゃべらなきゃならねえんだよ。あの百姓は子分にやらせただけだ、だがよ、喜左衛門はどうしてもおれの手でやらなきゃならなかった。妹の敵だ。くそ爺の喜左衛門は、べそを掻いて許しを請いやがったが、許せるもんか。やつの前で女房らを一人ひとり嬲り物にしてやったよ。へヘッ、それがどうしたってぇんだ」

「きさまは……」

言葉を切った音次郎は、ぐっと奥歯を嚙んで、眉間《みけん》に深いしわを彫ると、一歩踏み出した。それを見た権左が、刀を横殴りに撃ちかかってきた。

半歩下がって権左の斬撃《ざんげき》をかわした音次郎は、しなやかに反転するなり、権左の肩口から胸にかけて斬り抜いた。

「あっ……」

権左は仰天したように目を剝《む》き、たたらを踏んだ。

「……そ、そんな馬鹿、な……」

「地獄に堕《お》ちるがよい。たあっ！」

音次郎は裂帛《れっぱく》の気合を込めて、権左の首を刎《は》ねた。

血の筋を引きながら、権左の首は宙に舞い、そして甲板にごとりと落ちた。首をなくした胴体が、そのまま前に倒れた。はだけた背中に彫られた荒神様が泣いているように見えたのは、おそらく目の錯覚であったろう。

音次郎は刀の血をふるい落としながら、吉蔵を見た。まさに、吉蔵に斬られた長兵衛が、転がった米俵に背中を預ける恰好で倒れたところだった。

「……旦那」

「吉蔵、舟を呼び寄せてくれ。おれは晋一郎を……」

そういうなり音次郎は駆け出そうとしたが、その足が止まってしまった。

風を孕んでいた帆が、奇妙にねじ曲がり、大きくはためきながら翻ったのだ。そして、帆を支えていた檣が、根元からベキベキッと音を立てて倒れはじめた。檣は船底から突き立てられているのだが、その根元が焼けてしまったに違いない。

檣が倒れるのに合わせ、二十六反の帆もよれたりまくれたりしながら、船を覆うように落ちてきた。同時に帆を張っていた何本もの綱が、ビシビシと音を立てて引きちぎれていった。

音次郎が慌てたのは、ゆうに六十尺（約十八メートル）はあろうかという檣が、晋一郎のいるほうへ倒れはじめたからであった。倒れてくる檣をまともに受ければひとたまりもない。

「晋一郎ッ！」

音次郎は甲板を蹴ると、飛ぶように駆けた。

白い帆がねじれながら降ってくる。斜めにかしいだ檣は、倒れる速さを増していた。

晋一郎は固唾《かたず》を呑《の》んだ顔で、倒れてくる檣を見ている。縛られていては、逃げようにも逃げられないのだ。

音次郎は転がっている米俵を蹴るように飛び、残骸《ざんがい》物を避け、ぶらぶら揺れるちぎれた綱を払いのけて、晋一郎のもとに辿《たど》り着いた。檣は眼前に迫っていた。

檣は一抱えもありそうな大きな柱である。それが徐々に二人のほうへ倒れてくる。

音次郎は晋一郎を縛《いまし》めている縄を刀で切ったが、焦っているせいで手間取ってしまった。

「佐久間ッ！」

晋一郎が叫んだとき、ごおっと不気味な音を立て檣が倒れてきた。すんでのところで音次郎は、晋一郎を抱えて脇に飛んだが、檣が激しく倒れ、耳をつんざく轟音を立てた。その瞬間、音次郎と晋一郎は、砕かれた横板と一緒に跳ね飛ばされていた。

二人の体はまるで藁人形《わらにんぎょう》のように宙に舞い、海に落ちていった。

六

音次郎は頭上にある海面をめざした。水の向こうで明るい太陽が揺れていた。脇にはしっかり晋一郎を抱きかかえていた。

水を大きく掻き、体をぐうんと伸ばすと、水面に出た。口を大きく広げ、何度も空気を吸った。晋一郎は気を失っているのか、ぐったりしている。

「晋一郎、大丈夫か？」

頬を叩いてやると、うっすらと目を開けた。しばらくぼんやりした顔をしていたが、

「わたしは泳げないんだ」

と、心細い声を漏らした。

「心配するな。体の力を抜いて、わたしにつかまっておれ」

音次郎は立ち泳ぎをしながらまわりを見た。

三國丸は半町ほど先にあり、船体を半分沈め、煙と炎を上げていた。広い帆の半分は海面に浸かって、海月《くらげ》のように揺れていた。

吉蔵はどうしただろうか？　彦作らの舟も見えない。おそらく三國丸の向こう側にいるのだろう。音次郎は陸を見た。かなりの距離だ。いざとなれば、晋一郎を庇《かば》いながら泳いでいかなければならないが、それができるかどうか……。

不安を抱えながら、ゆっくり水を掻き泳ぎはじめた。

「体の力を抜くんだ。そうすれば自ずと体は水に浮く。わたしの帯をしっかりつかんで放すな」

晋一郎は不安そうにうなずいた。

しばらく行ったところで、近づいてくる猟舟が見えた。吉蔵がさかんに呼んでいる。

「旦那、旦那……」

音次郎は立ち泳ぎになって、こっちだと手を振ってやった。気付いた吉蔵の舟が、急いでやってきた。

「手を貸せ、晋一郎を先に乗せるんだ」

吉蔵が晋一郎を舟に引っ張り上げた。それを見てから音次郎も舟に体を投げ入れた。しばらく話すことができなかった。荒い息をしながら、煙と炎を上げる三國丸を眺めていた。晋一郎も放心したような顔をしていた。

吉蔵が器用に舟をまわして、浜を目ざしはじめた。

「……旦那、これを」

舟の帆が追い風を受けたところで、吉蔵が音次郎の愛刀を差し出した。なくしてしまったと思っていた大小だった。

「ありがたい。最早《もはや》あきらめていたのだ」

「武士の魂です。舟を呼んだあとで見つけました」

「かたじけない」

音次郎は刀を受け取った。

「彦作らはどうした？」

「先に連れの舟で帰しました」

「小桜は？」

「あの女も一緒です」

「放っておいていいのか？」

「逃げられないようにちゃんと縛り上げました。浜に着いたらしょっ引きます」

「………」

音次郎はその舟を探したが、似たような舟はほうぼうに浮かんでいた。それから晋一郎に顔を戻すと、目が合った。

晋一郎は厳しい顔で口を引き結んでいるが、最前まであった憎悪の目は弱くなっていた。

「危ないところだったな」

いってやると、晋一郎は無言のままうつむいた。

浜に着くのに時間はかからなかった。沖を見ると、三國丸が黒煙を上げてゆっくり沈んでゆくところだった。

三人は砂浜に上がってしばらく休息した。揃《そろ》ったように、腰をおろし、三國丸が完全に海に没するのを見届けた。

音次郎は内心で悔やんでいた。三國丸と、乗っていた船乗りをひとりも救えなかったことが、口惜しくてならない。もう少し早く、権左の動きに気付いていれば、最悪の事態は避けられたはずだ。だが、どうすることもできなかった。

「旦那、どうされます?」

吉蔵が静かに声をかけてきた。

うむと、応じた音次郎は、晋一郎を見た。

「おれはこの子と話をしなければならぬ。おまえは小桜を頼む」

吉蔵がじっと見つめてきた。何かいおうと、口を開きかけたが、すぐにその口を閉じた。

「……わかりました」

吉蔵はそういって、尻を払って立ち上がった。それから、帯に指を突っ込んで、小粒二枚を取り出した。

「その恰好じゃ通りを歩けません。いざとなれば、編笠もいるでしょう」

音次郎は黙って、金を受け取った。

吉蔵はそのまま背を向けたが、しばらく行ったところで振り返った。

「浜西晋一郎……」

「………」

晋一郎は吉蔵を見た。

「旦那は、一度死んだ人だ」

「……？」

晋一郎はゆっくり目をしばたたいた。吉蔵は再び背を向けて歩き去った。

音次郎は吉蔵の姿が見えなくなってから、晋一郎に正対すると、きちんと正座をした。それから腰の大小を晋一郎の前に置いた。

晋一郎が黒い瞳を輝かせ、まっすぐ見てきた。

「……わたしはもうどこへも逃げはせぬ」

「…………」

「いい訳をするつもりもない。たしかにわたしは、おまえの父を斬った」

「…………」

「敵を討つなら、心おきなくやれ」

晋一郎は黙っていた。唇を噛み、くっと口を引き結んだ。

「……どうした？　おまえにとってわたしは憎い敵だ」

浜の風がさらさらと砂をさらっていった。

「わたしの妻と子を殺したのが、てっきりおまえの父だと思い込んだわたしは、おまえの父吉左衛門を斬ったのだ」

「あ、あれは……」

　晋一郎は唇を震わせた。

「あれは、伊沢又兵衛《いさわまたべえ》の仕業《しわざ》だったのでは……」

　音次郎は、かっと目を瞠った。

「そうだ。わたしの妻と子を殺したのは伊沢又兵衛だった。あやつは吉左衛門に借金があった。その金を返そうと博奕《ばくち》をして、また借金をしてしまい二進《にっち》も三進《さっち》もゆかなくなった。……おそらく魔が差したのであろうが、金を作るためにある医者の家に盗みに入った。ところが、そのことをわたしの息子に見られてしまった。又兵衛は、口封じのために息子を斬り、妻まで殺したのだ」

「………」

「だが、わたしはそのことにはまったく気付かなかった。かねてより上手くいっていなかったおまえの父の仕業だと思い込んだ。その数日前にも吉左衛門と一悶着《もんちゃく》起こしていたこともあり、そう思ったのだ」

「それはお白洲《しらす》の申し開きで聞いている」

「……ともかく、存分に恨みを晴らすがよい」

音次郎は置いた大小をさらに晋一郎に近づけてやった。

「佐久間さんは、自分の敵を討たれましたね」

さん付けで呼んだ晋一郎に、音次郎は静かにうなずいた。自分の妻子を殺したのが伊沢又兵衛の仕業だと知ったのは、つい数ヵ月前のことだった。

「そうだ、わたしは妻子の敵を討った。おまえもそうすべきだ」

晋一郎は音次郎から視線を外し、三國丸の消えた海を眺めた。音次郎はその横顔につたう涙を見た。

「……いかがした？」

「わたしにはできない」

音次郎はぴくっと眉《まゆ》を動かした。

「佐久間さんは、悪い人ではないような気がする」

そういった晋一郎の顔がさっと振り向けられた。

「わたしはあなたに、命を助けられた。わたしにとってあなたは、憎い敵であると同時に命の恩人だ。……どうすることもできない」

晋一郎は拳《こぶし》を膝に打ちつけた。

唇を噛んで音次郎を見るその目には、涙が溢《あふ》れていた。

「わからなかった。なぜ、死罪になったのに、生きているのか。だけど、今日のことで、あなたが、悪人を成敗していることを知った。それに、さっきの人は、あなたは一度死んだ人だといった。……悔しいが、今わたしの目の前にいるのは、わたしが知っている佐久間音次郎ではない!」

晋一郎は最後は叫ぶようにいって、しゃくりあげた。

「……わたしの敵である佐久間音次郎は、死罪になったのだ。そうなのだ。そうに決まっている、そうではありませんか……」

晋一郎は顔をくしゃくしゃにしていた。

音次郎はその顔をまっすぐ見つめていた。

「……晋一郎」

「はい」

「よいのか? ほんとにそれでよいのか?」

晋一郎は一度つばを呑んで、うなずいた。

「……後悔しても知らぬぞ」

晋一郎はかぶりを振った。

「だけど、ひとつだけ教えてください。どうやって牢《ろう》を出られたのです?」

音次郎はどう説明すべきかと、青空を仰いだ。それからひとつ息を吐いて、

「これはかまえて他言ならぬことだが、おまえだけには教えずばなるまい」

と、静かに晋一郎を見つめた。

「………」

「はばかりながら牢屋奉行の引き立てにあったのだ。その代わり、町方《まちかた》や火盗改《かとうあらた》めが裁き切れぬ、あるいは法の目をかいくぐっている極悪非道の輩《やから》を見つけ出し、始末する役目を仰せつかっている」

「……それじゃ今日のあの男たちも」

「うむ。罪もない名主一家を皆殺しにした悪党だ。おまけにあの船を襲い、船乗りたちをも殺してしまった」

音次郎はもう一度海を見た。三國丸の姿はどこにもなかった。海は銀鱗《ぎんりん》のように光っているだけだった。

顔を戻すと、晋一郎が静かに立ち上がった。

それから音次郎を見下ろし、大きく息を吐いた。

「わたしはもう二度とあなたに会うことはないでしょう。仮にどこかで見かけたとしても、それはわたしの知っている敵ではないので、声もかけずに通り過ぎることにし

ます」

「……晋一郎。……わたしを許すというのか?」

晋一郎は目に力を入れて、ぎらぎらとにらんできた。

乱れた晋一郎の髪が潮風に揺れた。音次郎は晋一郎のすんだ黒い瞳を凝視した。

空から鳶《とび》の声が降っていた。

音次郎の胸はかっと熱くなっていた。我知らず、涙が噴きこぼれた。

「あなたに涙は似合わない。失礼仕《つかまつ》る」

そういった晋一郎は、何かを振り切るように砂を蹴って駆け去っていった。

音次郎は動くことができなかった。溢れる涙が砂に落ちて黒い染みを作った。

「……かたじけない。かたじけない」

音次郎はさっと体をまわすと、駆け去る晋一郎に向かって、深々と頭を下げた。

七

夏は去ったようだ。

夕暮れになるとひぐらしの声が高まり、日が落ちると鈴虫の声が多くなった。

そんなある日の午後だった。

音次郎ときぬは、縁側でのんびりと茶を飲んでいた。

名主殺しの嫌疑をかけられていた亀戸村の米助は、町奉行所に審理差し戻しとなり、捕縛された小桜の証言で無罪放免となっていた。権左とつるんでいた小桜は、死罪である。その報告を吉蔵に受けたのは、数日前のことだった。

「さあ、そろそろ洗濯物を片づけることにします」

きぬが腰を上げた。

音次郎は「うむ」と、短く応じたまま空に浮かぶ雲を眺めていた。

脳裏に晋一郎の顔が浮かんだ。まだ幼い子供だと思っていたが、意に反し、子供の成長の早さに驚かずにはいられなかった。もっとも、突然、自分の前に現れたことにはびっくりしたのだが、成長ぶりにも感心していた。

その晋一郎のことをきぬに話したとき、

「これで旦那さんの心配の種がひとつ消えましたね」

と、きぬは安堵の笑みを浮かべた。

正直、音次郎も胸をなで下ろしたのだが、ぬぐい去ることのできない悩みがあった。晋一郎の父である浜西吉左衛門を斬ったことは、明らかに自分の過ちであった。ゆえに裁きを受け、死罪を申し渡されたのだが、運命の悪戯なのか、自分はこうやって生きている。

過酷な役目を受けているとはいえ、やはり晋一郎や、彼の母であり吉左衛門の妻である弓への償いは終わっていないはずだ。

音次郎はそんなことを真剣に考えているのだった。

そして今、音次郎は一家の大黒柱を失った家族のために、何もしないで生きていていいのだろうかと思った。無論、心の支えになってやることはできないだろうが、何《なに》某《がし》かのことはできるはずだと……。

音次郎は庭で洗濯物を取り込む、きぬの後ろ姿を眺めた。

「……きぬ」

きぬがくるりと振り返った。

「なんでしょう？」

「晋一郎のことだが……」

「……はい」

きぬは切れ長の目を見開いた。

「このままではいけないと思う」

「…………」

「やはり償いはしなければならぬだろう」

「……償い……どんなことでしょう」

きぬの表情がこわばった。

「わたしはあの子がちゃんと成人するまで、陰で支えてやりたい。それがせめてもの、わたしにできる償いだと思う」

「どうされるというのです？」

「さいわいにも、わたしは過分な役料をもらっている。二人暮らしではあまるほどだ。その役料の一部を晋一郎に送りたい。生計の助けにもなるかもしれぬ。晋一郎の養育費にもなるだろうし、勉学や剣術の入り用にも使えるはずだ。いや、何に使われようが、それはかまわぬ。月々いくらかの金を送りたい」

不安そうに顔を曇らせていたきぬは、小さな吐息をついて、目を輝かせた。

「よいことだと思います。きぬも賛成です」

「そう思うか？」

「ええ、いいことだと思います」

「いくら考えても、わたしにできることはそれぐらいだ。そこでおまえに頼みがある」

「はい」

「月に一度、晋一郎の家に金を届けてくれぬか。わたしはあの家の近くに滅多に近づける男ではない。かといって、おまえが直《じか》に先方に会えば、突き返されるだろう。黙って屋敷に金を投げ入れてくれ。頼まれてくれるか」

「そんなことでしたら、お安い御用です」

きぬは口許に笑みを浮かべた。

「……しかと、頼んだぞ」

「旦那さん」

「うむ」

「旦那さんはやさしい人ですね」

「人としてやれることをやるだけだ」

きぬはにこにこと頬をほころばせた。

音次郎は理解を得て、よかったと思った。

「釣りに行きませんか？」

茶に口をつけた音次郎は顔を上げた。

「まだ日は高いです。今晩の酒の肴《さかな》を釣りに行きましょう」

音次郎はゆっくり微笑んで、元気よく応じた。

「よし、まいろう」

本書は2008年5月徳間文庫として刊行されたものの新装版です。

徳間文庫

問答無用
亡者《もうじゃ》の夢《ゆめ》
〈新装版〉

2019年6月15日 初刷

著者 稲《いな》葉《ば》稔《みのる》
発行者 平野健一
発行所 東京都品川区上大崎三-一-一 目黒セントラルスクエア 〒141-8202 株式会社 徳間書店
電話 編集〇三(五四〇三)四三四九 販売〇四九(二九三)五五二一
振替 〇〇一四〇-〇-四四三九二
印刷 製本 大日本印刷株式会社

ISBN978-4-19-894469-8 (乱丁、落丁本はお取りかえいたします)